和田竜

戦国時代の余談のよだん。

KKベストセラーズ

戦国時代の余談のよだん。

まえがき

僕にとって初めてのエッセイ集となるこの本は、月刊誌『ＣＩＲＣＵＳ』で、２０
０９年７月号からスタートした連載「戦国時代の余談のよだん。」を加筆修正し、書
き下ろしを加えてまとめたものです。
奇妙なタイトルは、僕が大好きな司馬遼太郎《しばりょうたろう》の小説の中でちょくちょく顔を出す、
「余談だが、……」
の決まり文句にあやかって付けました。せめてその足元にでも近付きたいと、余談
を二度ほど繰り返したという次第です。
第一部は、小説を書いたときの創作話、第二部は戦国武将のこぼれ話といった構成
にしました。
創作話は、これまでインタビューなどで答えてきたのですが、だいたいの場合「ど
うしてこの史実に目を付けたのか」といったところで話が終わってしまい、なかなか
取材時に起きた変なことにまで話がおよぶことがありません。しかも、本当に面白い

話は、歴史とは全然関係のない細かなところで起きてしまうので、なかなか掲載されませんでした。

そこで書いたのが第一部です。歴史の取材中に起きた小事件や、その時の僕の実感について書きました。これまで出した三冊の小説『のぼうの城』『忍びの国』『小太郎の左腕』の取材話ですが、ここまで細かく書いたものは、他にはありません。

なお、エッセイの中に出てくる年齢や発行部数、映画公開年などの数字は、経過が分かるように、掲載当時のままとしました。

第二部の戦国武将のこぼれ話は、いくつかの史料から抽出したエピソードに僕の感想を交えて書いています。歴史通《れきしつう》を自任される方には、耳タコの話もあるとは思いますが、僕の小説もエッセイも、まるっきり日本史を知らない人が読んでも大丈夫という主旨で書いていますので、その点、ご容赦を。

武将の話を書く際、その人物の業績については、ほどんど触れませんでした。抽出したエピソードが理解できるように補足的に紹介するに留めています。僕自身、武将の業績にも無論、関心はあるのですが、より引き付けられるのは、その人物がどういう感じの人だったかを知ったときです。そんなわけで、戦国武将の人となりが分かるエピソードを、実感しやすいように一つのシーンとして描くよう心掛けました。

最後に、本書にも掲載される連載のイラストは、キングコングの西野亮廣《にしのあきひろ》さんに描いていただいています。連載開始前、お笑い芸人としての西野さんしか知らなかった僕は、編集の方にその描かれた絵を見せられた際、

「嘘！」

と驚愕《きょうがく》したのを覚えています。まったく御見それしましたという印象でした。

連載当初は、小説の取材話を書いていたので、イラストも僕を描いたものが中心でした。それは、情けない印象の中にも可笑しみがあふれていて、大いに気に入った僕は、データをプリントアウトして居間に飾ったほどで、今も定位置を占めています。

第二部の戦国武将咄の章では、西野さんの面目躍如《めんもくやくじょ》たる描写がさらに進化して、いかにも人間くさい戦国武将たちが、次々に描き出されていきました。数行のコメントとともに描かれるそれは、読者の皆さんにも武将たちをぐっと身近な存在に感じさせてくれるでしょう。この場を借りて西野さんには御礼申し上げます。ありがとうございました。

それでは、エッセイと一緒にイラストを眺めつつ読み進めていってください。

和田　竜

戦国武将の余談のよだん。もくじ

カバー・本文絵・題字　西野亮廣（キングコング）
ブックデザイン　鈴木成一デザイン室

創作秘話の章。

大ヒット作
『のぼうの城』が
産声を上げるまでの
お咄。

石田三成ら戦国のビッグネームが埼玉を攻めていたことに「！」

作家専業はつまらん

和田竜（わだ・りょう）

という名前を聞いても知らない人がほとんどのことと思います。

そこで少し自己紹介を。

歴史小説を書いています。

昭和44年生まれの39歳（２００９年5月当時）。

大阪生まれですが、そこには3カ月しかおらず、少年時代は広島の「広島菜《ひろしまな》漬け」の産地として知られた土地で育ちました。広島というと「菅原文太《すがわらぶんた》」的な喋《しゃべ》り方をするのではないかと、あらぬ疑いを掛けられますが、そんなにドスは利いてません。というより、今となっては広島弁を喋れなくなってしまいました。

既婚。15歳からついこの間まで東京に住んでいましたが、最近、埼玉県の浦和《うらわ》とい

大ヒット作『のぼうの城』が産声を上げるまでのお咄。

うところに引っ越してきました。このエッセイも新居のマンションで書いているのですが、他人の家で書いているようで非常に居心地が悪いです。

これまで出版した小説は2作。いずれも僕が会社員をやっていたころに書いたものです。ダイセン株式会社という繊維《せんい》業界新聞社に勤めていました。

会社員生活は面白く、辞めたくはなかったのですが、作家業のほうがバタバタしてきたため、泣く泣く辞めました。物書きのお仕事は独りぼっちでやる場合がほとんどなので、他人と大勢でワイワイやるのが好きな僕は、「作家専業つまんねー」と、すでに後悔している次第です。

既刊の小説は『のぼうの城』と『忍びの国』という題名の歴史モノです。

発行部数で言えば、デビュー作『のぼうの城』が31万部（2009年5月当時）の大ヒット、2作目『忍びの国』は8・6万部（同）の小ヒットという実績を持ち、「3作目はどこまで部数が落ちるのだ」と戦々恐々としている最中です。

既刊の2作を未読の人のためにざっとあらすじを書くと、『のぼうの城』は、1590年、関ヶ原合戦のちょうど10年前に起こった史実を題材としています。

このころ、豊臣秀吉《とよとみひでよし》が天下統一を目前にしていて、その最後の敵が関東一円を支配下に置く小田原の北条《ほうじょう》氏でした。秀吉は総勢50万人ともいわれる大軍を関東に投入、小田原本城を包囲するとともに、関東一円に配置された北条家の支城《しじょう》も攻《せ》め潰《つぶ》していきます。

この時、石田三成《いしだみつなり》率いる2万3000の軍勢を敵に回して、3000の兵で頑強に抵抗したのが、当時、北条家の支配下にあった忍城《おしじょう》＊（埼玉県行田市《ぎょうだ》市）というお城です。

忍城方の主将《しゅしょう》は「のぼう様」と、でくの坊をもじったあだ名で呼ばれる愛嬌《あいきょう》だけが取り得の男、成田長親《なりたながちか》。敵の主将石田三成は、大軍をもって攻め寄せ、水攻《みずぜ》めまでも敢行しますが、城方はそれをことごとくはね返します。さて、その行き着く先は――、というような話です。

『忍びの国』は、文字通り忍者モノで、1579年に起こった「第一次伊賀《いが》攻め」という、信長が死ぬ3年前の史実を書いています。

当時、伊賀の隣の伊勢は、北畠《きたばたけ》氏という戦国大名が支配していました。信長はこれを制圧して、次男坊の信雄《のぶかつ》を養子として送り込みます。ところが、この信雄、史上有名な愚息《ぐそく》なわけですが、信長に無断で北畠家の旧家臣を率いて伊賀へと攻め入ってしまいます。

伊賀忍者の兵力は、信雄軍の半分程度です。ここで伊賀忍者は忍術を駆使《くし》していかにして戦ったか――、といったお話です。

ついでながら、文学賞絡みでいうと、『のぼうの城』は第１３９回直木賞「候補」、第６回本屋大賞「２位」、『忍びの国』は、第30回吉川英治文学新人賞「候補」という、喜んでいいんだか、悲しんでいいんだかよく分からない絡《から》み方をしています。

そんな僕の「？」な現状を見かねたのか、ＣＩＲＣＵＳ編集部の方がオファーしてくれたのが、

「何か、歴史にまつわるエッセイを書け」

というお仕事です。

小説を書くためには、当然、様々な史料に当たり、現地にも足を運んだりするわけですが、文字にできるのは、その一部に過ぎません。そこで、小説に入れ込むことができなかったこぼれ話のようなことから書き始めたいと思います。

『のぼうの城』の題材となる史実を知ったのは、もう10年近く前になるかと思います。まったくの偶然でその史実に突き当たりました。

前にも書いた通り、僕は会社員だったのですが、同僚に埼玉県の行田市出身の青年がいました。土田くんといいます。この行田市こそ、のぼう様こと成田《なりた》長親《ながちか》がかつて暮らした、忍城《おしじょう》があった場所でした。

当時の僕は会社員をやりながら、脚本コンクールに毎年１本から２本の作品を送っ

ては落ち、送っては落ちという生活を送っていました。そんなわけですので小説家になったのはたまたまで、もともとは脚本家になろうと思っていました。そんな折、土田くんと酒席を共にした際、「和田さん、歴史が好きならこんな話を知っているか」と教えてくれたのが、

「自分の住んでいる行田市には忍城という城があって、かつて石田三成やら大谷吉継《おおたによしつぐ》やらが攻めて、水攻《みずぜ》めなんかにもしたけれど落ちなかった城なんだ」

という史実でした。三成も吉継も関ヶ原のビッグネームです。僕はその二人が埼玉に来ていたことに驚きました。

そのころ僕は、コンクールには現代物で応募していて、歴史好きは単に趣味に過ぎませんでした。従って、忍城の話も単に趣味のこととして聞いたわけでしたが、聞いた途端《とたん》に、

「いつかこれを脚本で書こう」

と決めました。

そのうち、脚本賞応募生活も４年目を迎え、僕もすっかり31歳になってしまいます。そこで破れかぶれで戦国時代物を書いたところ、最終選考に残るという、僕としては初めての快挙に至りました。当時、時代物を脚本賞に送るのは珍しかったらしく、受

賞にはおよばなかったものの、その旨が選評で書かれていました。

「いよいよだ」

僕は翌年の賞に、忍城の話で応募しようと決めました。選考委員は毎年だいたい同じです。2年続けて歴史物を送ってきたとなれば、注目せざるを得ないだろう、と踏んだのです。

すでに忍城の史実についての基本的なことは文献《ぶんけん》で調べ済みです。ただ現地には一度も行ったことがありませんでした。

「行こう、忍城へ」

平成14（2002）年の秋ごろのことでした。ただし、これが非常なる困難の始まりでもありました。

＊忍城—関東の名門山内上杉氏配下の成田親泰が築き、以後成田氏の居城。秀吉の関東攻めでは、小田原落城後も持ちこたえていた天下の堅城。

忍城取材に自転車でGO

酒巻靱負は若かった…

小説『のぼうの城』の元となる脚本「忍ぶの城」をいよいよ書こうと思った僕は、舞台となる忍城《おしじょう》があった埼玉県の行田《ぎょうだ》市というところに向かいました。

だいたいこういうところには、博物館があるものです。行田市にもそれがあり、行田市郷土博物館がそれに当たります。事前に同博物館の学芸員、塚田《つかだ》さん（当時。後に塚田さんは某大学の准教授になられます）にアポイントを取ってから、行田市に足を踏み入れました。

ＪＲ行田駅に着いて、駅員さんに、

「博物館はどこですか」

と訊《き》くと、駅員さんは

「車ですか」

と訊き返します。

「違います」と答えると、「随分遠いですよ」とのお返事。

後で調べると、そうでした。行田市の中心部へは秩父《ちちぶ》鉄道の「行田市駅」が最も近く、「JR行田駅」から行くには、車でも使わない限り、まことに不便なところにあるのでした。

「じゃあ」

と駅員が教えてくれたのが、自転車貸し出しのサービスです。

「自転車?」

不審《ふしん》に思いながら、貸し出し場所に行きました。訊くと、貸し出した自転車は、行田市内のいくつかの場所で乗り捨てていいという話でした。無論、僕は行田駅に再び戻って来なくてはならないので、無用のサービスではありましたが、何しろ無料です。鍵《かぎ》をもらい、自転車置き場に行きました。

(ママチャリか――)

何やらいい大人がカッコ悪いと思わないでもありませんでしたが、後にこのママチャリは、取材に対して凄《すさ》まじい効力を発揮することになります。

ママチャリのカゴに地図やノートを入れたリュックを突っ込み、駅を出ました。途

中でコンビニに寄り、「写ルンです」を2コか3コ購入。恥ずかしながら、僕はいまだにデジカメを持っておらず、個人的にどこかに取材に行く際は、「写ルンです」を買うのが通例となってしまっています。

自転車で行っても行田市の中心部までは結構ありました。30分近く自転車を転がし、ようやく行田市郷土博物館に到着。ちなみに、ここは、忍城のあった当時、本丸《ほんまる》のあった場所で、住所も「本丸」となっています。なお、「自転車を乗り捨ててもいいスポット」でもありました。初めてここに来た当時は、後にここで講演をやろうとは思いもよりませんでした。

「塚田さんにアポイントを頂戴《ちょうだい》した和田といいますが」

受付の人に名乗ると、ほどなく塚田さんが、

「どーもどーも」

と連発しながら事務室の方から出て来ました。いかにも学者風の、感じが良すぎるほどの人です。

事務所の一角で、早速取材に入ります。

「天正18年の石田三成の忍城攻めについて調べているのですが」

質問すると、塚田さんは驚愕《きょうがく》の返事を発しました。

「いや、実は僕、古代史が専門なんですよね」

(なに！)

事前に忍城のことについては大まかには調べていましたので、「さきたま古墳《こふん》群*」のことが思い出されました。

忍城から1キロぐらいのところにその古墳群はあり、教科書にも出てくるような出土品があったりする場所でもあるのです。ちなみに、石田三成が本陣《ほんじん》を敷《し》いた丸墓山《まるはかやま》古墳*もこの古墳群の中にあります。

(そっちか)

多岐《たき》に亘《わた》る行田市の史跡を恨《うら》めしく思いながら、僕はいきなり途方に暮れました。

もちろん、取材の内容についてはアポイントを取った際、事前に伝えてあります。それが専門外だったわけです。しかし、何しろとにかく感じのいい人なので、こんな事実も随分と爽やかに明かしてくれました。

(どーしよ)

取材は、暗礁《あんしょう》に乗り上げたかに見えました。が、塚田学芸員は学者でありました。「専門が古代史」と明かしたに過ぎなかったのです。

「でも、戦国の忍城でいえば」

と塚田さんが喋《しゃべ》り出すと、止《と》め処《ど》もありません。怒濤《どとう》のように喋《しゃべ》り続けました。それは取材に来た僕にとってみれば、「専門」と言っても過言ではない内容でした。

知っている話もあれば、知らない話もまた大いにありました。

中でも強く印象に残ったのは、「酒巻靭負《さかまきゆきえ》」の話です。靭負というのは、後には名前にも用いられることになったようですが、もともとは大和朝廷《やまとちょうてい》の官職名です。宮《みや》門《もん》の守衛《しゅえい》がその役目でした。従って屈強な若者がその任についていたらしく、

「そういうわけですので、酒巻靭負は若い人間なのではないでしょうか」

と、塚田さんは示唆《しさ》してくれました。

（なるほど）

僕はすっかりその気になってしまいました。

というのも、『のぼうの城』の主要人物の一人である酒巻靭負は年齢が分からないのです。山本周五郎《やまもとしゅうごろう》が、三成の忍城攻めについて書いた短編「笄堀《こうがいぼり》」にも、酒巻靭負は登場しますが、これは老人として登場します。

（酒巻靭負は若い男ということにしよう。22ぐらいの）

僕は、登場人物の年齢の分散を思いつつあっさり決めてしまいました。ちなみに、靭負が22歳くらいという考え方は、史実に近かったろうと現在では思っています。「靭負」という名を幼名にも使うことがあるほどですので。それはともかく、

「これは巨大な映画に相応《ふさわ》しい年齢の分散だ」

僕は、心中でほくそ笑んでいました。

主人公の成田長親は、40代後半です。長親の父親泰季《やすすえ》は70代、甲斐姫《かいひめ》は18歳、三成は33歳…。史実として分かっているだけでも、これだけの年齢の人物が配置されています。映画化すれば、それぞれの年齢の役者と同世代の観客が劇場に来るはず。僕はすっかり気を良くしました。

ちなみに当時、僕はただの脚本応募人間です。脚本家でもなければ小説家でもありません。当時の僕は、「そんな僕の気宇《きう》の壮大さを見よ」と思いながら脚本執筆に掛かろうとしていましたが、今思い出すと、ほとんど夢想に過ぎず、全くの赤面ものです。

ただ、その夢想はそろそろ現実化しそうです。『のぼうの城』の映画化が決まりました。２０１１年公開の予定です（２００９年６月当時。後に２０１２年11月２日公

開に延期)。

塚田さんには、いくつか史料をいだたき、博物館を後にしました。後は、実地の取材です。忍城の形状や周辺の地理について調べなければなりません。

ここでレンタル自転車が大いに活躍することになります。

＊さきたま古墳群―5世紀末から7世紀の築造と推定される、九基の大型古墳と周辺の小古墳を含む古墳群。稲荷山古墳から発見された鉄剣は国宝指定。
＊丸墓山古墳―さきたま古墳群の古墳。直径105メートルに及ぶ日本最大の古墳で、高さ18・9メートルの中心部からは忍城を望むこともできる。

史跡取材開始。ところが…

陸地が湖で、湖が陸地で…

「行田市郷土博物館」での取材を終えた僕は、いよいよ天正18(1590)年の忍城戦に関わる史跡の取材を開始しました。

　と言っても、前回も書きましたが、郷土博物館自体が忍城の本丸の跡地にあります。なので、博物館周辺を徒歩で行くことにしました。

　その前に、郷土博物館で現在も販売している資料に、かつての忍城と現在の町並みをオーバーラップさせたような地図があります。僕はそれを購入して、現在自分が立っているところが城のどの部分に当たるのかを確認しつつ歩くことにしました。

　まずは本丸。

　本丸は正確にいえば、博物館の建物の一部とその駐車場となっているところにありました。

（なるほど）

　僕は地図を見つつ、本丸に自分が立っていることを確認しました。現在、本丸跡には土居《どい》（土で造った城の土台。分かりやすく言えば、城の石垣に当たる部分）が再現されていて、南側が軽い崖《がけ》のようになっています。

　地図では、崖の下には湖水《こすい》が迫っていて、その先が、二の丸のあった陸地ということでした。

（そうか）

見ると、学校のグラウンドになっていました。

後で知ったのですが忍中学校とのこと。史跡に学校が建設されている例は結構ありますが、忍城もまたそうでした。

忍城の形状を把握するのは至難《しなん》の業《わざ》でした。小説『のぼうの城』にも書きましたが、忍城は、湖の中のいくつかの小島を連結したような城です。それが現在では、ほとんど埋め立てられていて、そこに役所やら家やらが建設されています。

さらにやっかいなのは、水上《みなかみ》公園といって、かつての忍城の姿が偲《しの》ばれるように、大きな池を穿《うが》った公園があるのですが、この公園の池もかつては陸地だったり、湖だったりしたところなのでした。

さらに、さらに、やっかいなのは、本丸の周辺。郷土博物館の一部は天守閣《てんしゅかく》（のぼうの城の時代の忍城にはなかったものですが）の形になっていて、忍城の本丸らしさを象徴しているのですが、実は博物館の建物が建っている場所は、かつて本丸のお堀だったところなのでした。さらに、さらに、やっかいなのは、郷土博物館の東側にはお堀が再現されているのですが、これはかつて陸地だったということです。

（えーと）

僕はお堀の周辺を歩きながら頭を抱えてしまいました。このお堀が陸地で、あの陸

地が湖で、湖が陸地で、陸地が湖で……。

（あー、もう）

僕は地図を危《あや》うく破り捨てるところでした。気付けば、僕の立っているところが、かつての湖でした。

こうして、本丸および二の丸の形状を何とか把握した僕は、城の中央部分である本丸から外に通じる門のところまで行こうと考えました。それもかつての城道をたどってです。

（気を抜いてはならない）

ちょっとでも気を抜くと、かつて湖だったところ（現在は陸地）に落っこちてしまいます。湖に落ちないように数メートル行くごとに地図を確認しつつ、恐る恐る歩を進めました。

途中、民家の脇をすり抜け、スーパーの角を曲がり、やっとのことで、かつて佐間《さま》口《くち》*のあったところに到着。正木丹波《まさきたんば》が長束正家《なつかまさいえ》の軍勢と戦った、忍城戦最大の激戦地となったところです。本丸から直線距離で1キロもないのですが、たどり着くのに1時間ぐらいかかってしまいました。

（ここか）

現在は、ただのT字路になり果てているのですが、知識というのは恐ろしいものです。僕にとっては、そこが憧れの地のように思えてなりませんでした。

（長東正家の軍勢は、南東の方から攻め寄せているから）

こっちか、とその方を向くと建物が邪魔して、当時の姿が全然分かりません。

（さてと）

諦《あきら》めました。すでに日も暮れかけています。僕は自転車を取りに本丸へと戻りました。戻るときは城道は無視。湖も陸地も関係なく行きました。

自転車に乗ると、

（丸墓山へ）

ペダルをこぎました。

丸墓山《まるはかやま》は、忍城攻めの総大将、石田《いしだ》三成《みつなり》が本陣を敷いたところです。さきたま古墳群の中にあって、丸墓山自体もまた古墳。ちなみに埼玉県の名称は、この地名に由来します。

忍城から丸墓山までは、３キロ近く。史跡取材の場合、困るのが史跡たちが離れていること。車で行くと、あっさり行けますが当時の距離感が実感できない。かと言って徒歩では時間がかかりすぎる。この点、自転車は申し分ない速さです。

僕は、のんびり距離感を楽しみながら丸墓山へと向かいました。走っているのは、住宅地の道だったり、農道だったりしますが、当時でいえば、この辺りは田圃《たんぼ》で、三成らの軍勢がひしめき合いながら、忍城へと押し寄せてきたところです。僕はそれを逆走しているわけです。

丸墓山のあるさきたま古墳群に着いて、駐車場の入り口辺りに来ると、

(ん?)

妙な駄菓子屋《だがしや》のようなものがあります。

(見てみよう)

すでに日も暮れかけているのも忘れて中に入りました。入ると、中はおもちゃに紛れて埴輪《はにわ》たちが乱立しています。

(買うか)

その土地の雰囲気に呑《の》まれる悪いクセが僕にはあります。

(いかんいかん)

すぐに思い直して外に出ました。

すると、駄菓子屋にはつき物のガチャポン(広島育ちの僕はガチャガチャと言います)があります。

（何）

僕は、そのガチャガチャの品に、大げさに言えば仰天《ぎょうてん》してしまいました。古銭《こせん》です。

未確認ですが、のちに聞いたところ、日本で唯一の「古銭ガチャポン」ということでした。

駄菓子屋を満喫したので、丸墓山に登りました。1分程度あれば頂上に達する小山です。

登って、忍城の方に目をやりました。辺りも暗くなりつつあったのですが、郷土博物館であるところの天守はかろうじて見えました。

（げえ）

僕は城を見て少なからず驚きました。

城が途轍《とてつ》もなく小さく見えます。石田三成は、ここ丸墓山から小さく見える忍城までの一帯を水に沈めたそうです。

どういうわけか、それまで僕は、丸墓山のすぐそばに忍城がある気がしていました。ちょうど山から城内が覗《のぞ》き込めるぐらいの。でも、城に至るまでの田園の広大さはどうでしょう。

大ヒット作『のぼうの城』が産声を上げるまでのお咄。

僕は取材に手応えをおぼえつつ、夕暮れの中を自転車を飛ばし、石田堤《いしだつつみ》に向かいました。三成が、忍城を水に沈めるために造った堤防《ていぼう》です。

（う）

堤に着くなり僕はうめいてしまいました。４００年の年月が堤をすっかり削ってしまっているのか、僅《わず》か数十センチほどの土手に成り果てていました。

後に分かったことですが、石田堤はところによって高低の違いがあって、土地自体が高くなっているところは、堤の高さは低いのだそうです。堤の高いところでは、10メートル近くもあったらしいとのことでした。

＊〜口（例、佐間口）―城郭や都市などの一定のエリアにおいて、外部に開かれた出入り口のことを「〜口」という。佐間口とは、佐間方面の出入り口という意味。

歴史が僕にネタを用意してくれている！

佐間口の形状は映画でどうぞ

長々と『のぼうの城』の取材の経緯について書いてきましたが、僕の足取りをたどって書いていると、何だか全然進まないので、最後にいくつかの事柄をピックアップして「のぼうの城　取材編」を終えたいと思います。

まず、高源寺《こうげんじ》。

小説にも書きましたが、正木丹波《まさきたんば》が開基《かいき》したお寺です。かつて佐間口《さまくち》という忍城戦最大の激戦地があり、城方はここにあった城門に拠《よ》って戦ったということです。寺は、現在も埼玉県行田市にあって、丹波の墓もここにあります。

この丹波という男は、相当勇猛《ゆうもう》な男だったらしく、忍城戦を扱った史料のほとんどに登場します。小説の主人公、成田長親よりよっぽど登場するぐらいです。こんな男が、忍城戦の終了後、敵味方の戦没者《せんぼつしゃ》を弔《とむら》うために建てたのが、この高源寺です。この時代には珍しく情けを知り、かつ武勇にも秀《ひい》でているという理想的な男だったのでしょう。

取材時、このお寺のご住職《じゅうしょく》にお話を聞きました。丹波については史料以上のことはなかったのですが、忍城の形状について得るものがありました。

「高源寺の裏手には、土を掻《か》き上げたような痕跡《こんせき》がある」

ということです。

忍城は、湖に囲まれていて、これが天然の防壁《ぼうへき》となっていたのですが、高源寺は湖の外側にあります。しかし、高源寺のあったところはやはりかつての城内なのです。

僕は城の絵地図を見ながら随分と悩みましたが、この一言で、この佐間口の一帯がかつて出丸《でまる》*のようなものだったのではないかと推測しました。

しかし、小説にはそのことを書いていません。文章で説明したところで、混乱させるだけだろうと思ったからです。ちなみに『のぼうの城』の映画脚本にはそれが書かれています。映画化が実現した際には、この佐間口の形状が、一目で分かることになるかも知れません。

次、諏訪曲輪《すわくるわ》*。

現在の忍城の周辺は、埋め立てが進み、かつての形状が失われてしまっています。

湖が城の土塁《どるい》を洗っていたという、その感じはどんなものなのだろうか、と探し回っていたところ発見しました。

行田市郷土博物館から道路を挟んで北側に現在、諏訪《すわ》神社があります。ここはかつて諏訪曲輪と呼ばれた城の一部でした。本丸と繋《つな》がってはいるものの、諏訪曲輪のほとんどは水で囲まれていました。それが現在では、曲輪の周辺は埋め立てられ、曲輪を囲むように道が走っています。しかし、曲輪自体は神社があるためか、かつての形状がそのまま残っており、ほとんど森のようです。つまり、現在、道となっているところが湖だと考えればいいわけです。

そんなことを念頭に、道と曲輪の「境界線」を見ると、ほとんど手付かずの島のように縁《ふち》どられています。長い年月の間に形も崩れた部分もあるかとは思いますが、概《おおむ》ね忍城は、湖に点在する島々を、そのまま使ったのであろうと推測されました。

次、史料から。

松浦静山《まつうらせいざん》という江戸時代の殿様が書いた『甲子夜話《かっしやわ》＊』という史料に、忍城のことがちょっとだけ出てきます。ちなみにこの史料は、歴史小説を書く人であれば、絶対と言っていいほど読んでいる本で、かなりベーシックな部類に入ります。興味ある方は是非読んでみてください。古本屋でも手に入りますし、ちょっと大きな図書館に行けば、まず置いてあります。

その本によると、忍城は湖に囲まれているけれども、一部が水門のようになっていて、そこを開けると、全部の水が引いていくということでした。まだ忍城があった江戸時代には、年に一度はその水門を開き、残った魚を領民たちが取って食ったという話でした。

興味深い話だとは思いましたが、小説には書きませんでした。小説の話の流れが一切そんなところに行かなかったからです。

続いて、史料から。

『のぼうの城』の中で、成田氏長《うじなが》という忍城城主（主人公の成田長親は城代）が、小田原北条氏を裏切り、秀吉側に内通《ないつう》してしまっているというくだりがあります。氏長は先に秀吉に内通してから、主人公・成田長親らを忍城に残し、自分は小田原城に赴《おもむ》きます。

僕は、まだ史料全部を読み終えていないころ、

「氏長のヤツが先に裏切っていたら話が面白くなるなあ」

と考えながら、取材を進めていました。そうなれば、忍城に留守させた人間たち（長親や丹波たち）には当然、「攻め込む秀吉の軍勢に手出しするな」と氏長は指示するはずですし、とすれば、開戦を決意することがいかに強烈な判断であったかが理解しやすくなるからです。

すると、そんな史料がありました。

秀吉の小田原攻めが始まる以前に成田氏長が秀吉に書状を送り、「内々に忠節《ちゅうせつ》を尽くす」と約束したというのです。このエッセイを書くに当たって、史料の山を引っ掻《か》き回して探しましたが、どっかに行ってしまいました。ごめんなさい。

僕はこの史料に当たったとき、大げさに言えば、

「歴史が僕のためにネタを用意してくれている」

と感動さえしたものです。でも、どっかに行ってしまいました。今度も使うかもしれないので探しておきます。

さらに続いて史料から。

忍城戦は、秀吉の小田原攻めの一環としてなされたものですが、秀吉は忍城以外にも関東各地に散らばる様々な北条方の城を攻めさせています。『のぼうの城』は、忍城戦を理解してもらうために必要な情報以外は取り除いてあるので、小説には書けな

かったけれども、僕の大好きなエピソードを。

伊豆の韮山《にらやま》城は、北条家の一族である北条氏規《ほうじょううじのり》が守っていました。秀吉は織田信雄《おだのぶかつ》を大将に、福島正則《ふくしままさのり》らの武将を与力《よりき》＊に付けて、３万５０００ほどの兵でこれを攻撃しました。

氏規は、いわゆる「小田原評定《おだわらひょうじょう》」＊を繰り返した北条家の中では例外ともいえる有能な武将です。敵の福島勢が城に襲い掛かるや、氏規も城を打って出ました。散々に働いて、程よきところで城に戻ろうとすると、それにくっ付いてくる敵の四人の武者がいます。城兵が城に戻るのに乗じて、自分たちも城に乱入しようというわけです。これを「付け入る」とか「付け入り」などと言ったりします。

その４人の武者の一人が当時、福島家の家臣だった可児才蔵《かじさいぞう》という割と知られた勇士です。才蔵は、最後の城兵が城に逃げ込んで、閉められつつある城門に、自らの槍《やり》の柄《え》を突っ込みました。次いで、閉じきらない門を開け放とうと、ぐいと門扉《もんぴ》を押しに掛かります。

ちょっと信じられないほどの勇気です。何しろ城門に取り付いているわけですから、至近距離から鉄砲弾は飛んでくるわ、槍は門の隙間から飛び出してくるわで、才蔵はどんどん傷ついていきます。その姿に勇奮した残りの３人と寄せ手の兵たちは、城門に殺到《さっとう》して、才蔵に加勢します。

結局、槍の柄が折れて城門が完全に閉じられたため、才蔵たちは諦《あきら》めて城を離れますが、その際、感動したのでしょう、城方の兵から、

「天晴《あっぱ》れ剛《ごう》の者。名を名乗られよ」

と声が飛びます。

「福島家家中《かちゅう》、可児才蔵」

と才蔵は名乗り、残りの3人も名乗りました。この名乗った4人の武者を、城方の狙《そ》撃《げき》兵が、鉄砲で撃ち殺そうとしました。それをたまたま見つけた氏規は、激怒します。

「あんな勇士を飛び道具で討ち取ろうとはどういう了見《りょうけん》だ」

というわけです。

いかにもこの時代らしい。殺伐《さつばつ》としながらも爽やかなエピソードだと、取材当時の僕は感心したものです。でも、忍城戦には関係ないので、小説では使いませんでした。これは『関八州古戦録《かんはっしゅうこせんろく》』*という史料にある話です。

次回からは僕の2作目の小説、『忍びの国』について書いていこうと思います。


大ヒット作『のぼうの城』が産声を上げるまでのお咄。

＊出丸—実戦にあわせ、城の本来の範囲から外に張り出して造成された一画。外部からの攻撃を防ぐ際の橋頭保、前線基地となることが多かった。
＊曲輪—城において、堀や土塁・石垣などで区分され、独立した個々のスペースのこと。本丸、二の丸といった「〜丸」と同じものを指す。
＊『甲子夜話』—肥前平戸藩主の松浦静山が、隠居後の20年間をかけて執筆した大部の随筆集。時の政治情勢から社会風俗、ゴシップまで筆がおよぶ。
＊与力—戦国時代には、大将クラスの大名に小規模な武将が加勢として附属し、指揮下に入ること。またその加勢の武将をいう。寄騎とも。
＊小田原評定—小田原の陣で、北条方が評定（議論）ばかりを繰り返してらちが明かなかったことから、結論の出ない会議のことを小田原評定と呼んだ。
＊『関八州古戦録』—関東地方の戦国争乱を描く代表的な軍記物語。享保11（1726）年の成立で、軍記物としては比較的史実に忠実とされている。

時代の裏側で
暗躍した忍者たち
『忍びの国』執筆咄。

そもそも僕はダークヒーローが好き

余談、秋満さんの話

今回からは僕の2作目の小説、『忍びの国』についての取材話をしたいと思います。知らない方も多いかと思うので、『忍びの国』の題材となった史実をざっと紹介しましょう。

材を取ったのは、天正7（1579）年に起こった「第一次伊賀《いが》攻め」。織田信長《おだのぶなが》の次男、信雄《のぶかつ》が伊勢の軍勢を率いて伊賀に攻め入ったものの、伊賀忍者にこてんぱんにやられてしまう、という史実です。

信長が伊賀に攻め入って、伊賀者を根絶やしにしたという史実は、ドラマなどでも盛んにやられていますが、これは、「第一次伊賀攻め」の2年後に起きた「第二次伊賀攻め」。ちなみに信長は、第二次伊賀攻めの翌年、死にます。

戦国時代の伊賀忍者たちは、どうしようもない人たちでした。この地方には、強権《きょうけん》を持った戦国大名がいなかったため、伊賀の豪族《ごうぞく》たちはやりたい放題で、しかもそれぞれの豪族が極めて仲が悪かったといいます。しょっちゅう小競《こぜ》り合《あ》いを繰り返して、そのやり方も何だか陰《いん》に籠《こも》って不快になるほどです。そんな伊賀忍者たちがどう結束して、織田信雄の軍勢に当たったか、といったところも拙作《せっさく》『忍びの国』のカギの一つになっています。

一方、伊賀に攻め入った織田信雄の側にも問題はありました。当時、信雄は、父信長の命令で、伊勢《いせ》（伊賀の東隣の国）の戦国大名、北畠《きたばたけ》家に養子に入り、北畠家の当主になっていました。つまり、信長が、次男坊を通じて北畠家を乗っ取ったわけです。

さらに悪いのは、第一次伊賀攻めが起こる3年前の天正4年、信雄は北畠家の前の当主であった北畠具教《とものり》を暗殺しています。手を下したのは、具教の元の家臣たちで、悔《く》やみながらも信長の強権には逆らえず、暗殺団に加わったといいます。信雄は、そんな伊勢の武士たちを引き連れて、伊賀へと侵攻するわけです。こうして、両者ともに問題を抱えた集団が伊賀の山中で激突します。詳しくは小説でどうぞ。

『忍びの国』は、『のぼうの城』と同じく脚本を先に執筆しました。脚本を書き上げたのは、もう4年以上も前（2009年9月当時）、2005年の3月ごろだったと思います。

プロフィールにもあるかと思いますが、僕は２００３年の末に『のぼうの城』の元ネタ脚本（『忍ぶの城』という題名です。小説化の際に改題しました）で、「城戸《きど》賞」という脚本賞を取りました。その授賞式が毎年12月1日に行われる「映画の日」の式典のついでにあって、当時会社員だった僕は会社を休んで出席しました。授賞式および式典の後、パーティーみたいなのもあるのでこれも出席したところ、映画会社の幾人かのプロデューサーが名刺をくれました。この際、僕は、

「今後は時代モノ以外は書きません」

と吹きまくっていました。

どうやら、これを皆さん真に受けたらしく、この後、現在に至るまで現代モノの脚本執筆のオファーは来ていません。というより、脚本執筆のオファー自体がほとんどなく、今となっては来るのは小説の話ばかり。実を言えば、脚本賞を取ってから書き上げた脚本といえば、この『忍びの国』１本だけです。

これは全くの余談ですが、僕が「城戸賞」をもらった時、「準入選」を取ったのが、秋満隆生《あきみつたかお》さんという京都在住の方が書かれた『祭囃子《まつりばやし》が聞こえる』という題の脚本でした。秋満さんとは授賞式で出会い、その後お互いの脚本を見せ合いました。僕は『祭囃子が聞こえる』を拝読して、

「送る脚本賞が違ったら負けてたな」

と率直に思ったものです。僕が取ったのは「入選」でした。脚本賞はいくつかありますが、送る賞が違っていてこの脚本と戦っていたら、僕の脚本が準入選か何かで、秋満さんのが1等だったと思っています。

『祭囃子が聞こえる』に出てくる昭和30年の京都の町屋に生きた主人公の女性は、お妾《めかけ》さんであるのを隠すわけでもなく、息子を育て上げます。その文化と心の置き所が僕には面白く、前出《ぜんしゅつ》のような感想を持ちました。その後、秋満さんとは都内で一度再会し、お互い受賞した脚本の感想を言い合いました。本当に楽しい思い出です。

ですが秋満さんは、『忍ぶの城』の小説化、即ち『のぼうの城』を見ることなく、出版の4カ月前に病により亡くなってしまいました。悔やまれてなりません。ですので、僕は機会があるごとに、『祭囃子が聞こえる』の宣伝を書いたり、喋ったりしていこうと心に決めております。なので、ここでも書きました。

まずは服部半蔵から

長いこと失礼しました。

さて、『忍びの国』。

城戸賞を取った僕に、初のプロとしての仕事が舞い込みました。とある映画会社からの時代モノのオファーです。授賞式から2カ月後ぐらいの2004年の初めころでした。

意気揚々と映画会社に足を踏み入れると、プロデューサーが二人。そのうちの一人が、

「これをやりたいのだ」

と服部半蔵《はっとりはんぞう》を主人公とした漫画を僕に示しました。

ご存じの通り、映画は原作の漫画や小説があるのがほとんどで、この場合はその漫画を「原作」にしようというのが、そもそもの出発点でした。

「とにかく読んでみます」

と言って数冊の漫画を借りて、家に帰って読みふけりましたが、これが全然面白くない。数週間後に再び打ち合わせということになっていたので、率直に言いました。

「面白くありません」

僕にとっては結構、重大な発言です。というのも、この漫画原作にプロデューサーが拘《こだわ》るのであれば、これでクビになってしまうかもしれないから。当時の僕は一応、

腹を括《くく》ってそんなことを言いました。すると、プロデューサーは、

「そうですか」

とあっさり言うではありませんか。次いで、何か別な案はないかと言ってきます。彼らがやりたいのは、どうやら服部半蔵ではなく、忍者モノというジャンルであるようでした。

実を言えば、僕は忍者というものに全然関心がありませんでした。一方で、

「時代モノしかやらないと宣言したら、まず来るのは忍者モノのオファーだろう」

と踏んでもいました。僕がもともと忍者に持っていたのは、ダークなイメージです。そもそも僕はダークヒーローみたいなものが好きで、『キカイダー』でいえばハカイダー、『ガンダム』でいえばシャア、ターミネーターはその筆頭に挙げられます。そこで忍者モノの主人公像もそんなふうにしたいと考えて、

「女の尻に敷かれていながら、絶対強《きょう》で、悪くて、それでも哀しみのスパイスが効いた人物」

というのを念頭に置いていました。

これが、後に忍術秘伝書《にんじゅつひでんしょ》を読んで忍術の粋《すい》を結集させた『忍びの国』の主人公、「無門《むもん》」となります。

プロデューサーは、

「和田さんの書くものなら何でもいい」

とうれしいことを言ってくれます。

でもこれは僕の才能がそこまで買われていたということではありません。映画の場合はすでに予算がついて、「脚本を書けば絶対映画化するもの」と「とりあえず脚本を作って、それからテレビ局など資金を出すところに映画化の依頼に廻《まわ》るもの」の二種に大別できます。無論、僕のは後者です。何でもいいのは当然です。映画化しないかもしれないのですから。事実、現在も『忍びの国』は映画化していません。

僕は「それじゃ」ということで、

「歴史に沿った忍者モノをやりたい」

と伝えました。このとき、忍者の歴史なんて何も知りません。

忍者の史実を探る日々が始まりました。

忍術秘伝書の中身に呆然

仲の悪い忍者たち

「何でもいいから忍者モノを」

との脚本執筆の依頼を受けた僕は、歴史に基づく脚本にしようと、忍者の史実について調べ始めました。

戦国武将の中には、「忍びの者」を飼っていたという人が幾人かいます。

上杉謙信《うえすぎけんしん》が使っていた忍者たちが、「軒猿《のきざる》」と上杉家では呼ばれていたというのは、割合知られたことですが、実はこの「軒猿」という言葉は、上杉家だけのものではなく、北条家でも同じように呼んでいます。この北条家もまた忍びの集団、風魔《ふうま》一族を召し抱えていました。

「つまらんなあ」

僕は、それら忍者の伝説を読みながら全然、関心が持てませんでした。

暇に飽かして、日本史の本を読んでいると、ぶつかったのが、「第一次伊賀攻め」の史実です。前回も書きましたが、伊勢の織田信雄《おだのぶかつ》が伊賀国に攻め入って、コテンパンにのされたという史実です。僕は迂闊《うかつ》にも、この史実を知りませんでした。

早速、手元にあった、織田信長《のぶなが》の業績について家臣が記した『信長公記《しんちょうこうき》』*を見ると、あっさりとではありますが、そのような事実が記されています。しかも、信長は不覚を取った次男坊、信雄に対して物凄《ものすご》く怒ったということまで書かれていました。

「これはイケるかも」

と思った僕は、国会図書館に行き、この史実の資料を探すことにしました。このような史実であれば、攻められた伊賀の側から書かれた史料と、攻めた伊勢の側から書かれた史料があるものです。そんなことを念頭に置きながら探すと、ほどなく見つかりました。

伊賀の側から書かれた史料が、『伊乱記《いらんき》』*

という江戸時代に書かれた史料で、伊勢の側から書かれたものが、『勢州軍記《せいしゅうぐんき》』＊

というこれも江戸時代に書かれた軍記モノです。

織田信長、信雄父子による伊賀攻めは、別名「天正《てんしょう》伊賀の乱」とも呼ばれ、『伊乱記』は、まさにその史実を後世に伝えるために書かれたものでした。当然、僕が調べたい、信雄による「第一次伊賀攻め」についても多くのページを費やして書かれています。

『勢州軍記』は、南北朝時代ぐらいからの伊勢の侍《さむらい》たちの歴史を明らかにするという目的の下、書かれたもの。伊賀攻めを中心とはしていませんが、大きな事件として扱っていました。

『伊乱記』をコピーして、さっそく読み始めました。

すると、伊賀忍者たちの仲の悪いこと悪いこと。その中には、こんな話がありました。

伊賀のとある祭では、1年ごとに二つの家が交互に主催者を務めていました。が、その二つの家の仲が悪い。祭の当日、主催者であるはずのその家の当主は、懐に小刀を抱いて祭に出ます。すると、今年は主催者ではないはずの家が、祭の開始を宣言してしまいます。つまり主催者の権利を乗っ取ったわけです。小刀を抱いた本来の主催者は、この程度のことで乗っ取り主催者に対していきなり斬《き》りかかり、両家はその後、報復に報復を繰り返したということでした。

「アホかいな」

読んだ僕は呆《あき》れ返りました。そんな記述が、『伊乱記』には幾つか登場します。伊賀には66人の武士がいて、その66人が何人かの忍者を抱えていたわけですが、こんな調子で、それぞれの武士が極めて仲が悪いといったことが分かりました。

その一方で、伊賀は、「惣国一揆《そうこくいっき》＊」という同盟を組んでいて、外敵《がいてき》には一丸となって戦うという密約も同時に結んでいました。「裏切った場合は殺して晒《さら》し首にする」といった文言を含む、結構、殺伐《さつばつ》とした内容の同盟書が現在も残っています。

この同盟が、信雄の伊賀攻めの際、効力を発揮し、「外敵」の信雄を追っ払うという成果を上げたわけです。

また伊賀では、十二家評定衆《ひょうじょうしゅう》という12人のリーダーがいて、彼らが現在の伊賀上野《いがうえの》城にあった平楽寺《へいらくじ》という寺で相談ごとをして、伊賀を事実上、運営していたということも知りました。

ちなみに、忍者が好きな人なら一度は聞いたことがある文言に「上忍《じょうにん》」「中忍《ちゅうにん》」「下《げ》忍《にん》」というものがありますが、これは司馬遼太郎《しばりょうたろう》の創作だと、当人がインタビューかエッセイの中で明かしています。

この文言は一般に、「上忍」が大きめの領主、「中忍」がその中規模のもの、「下忍」が、いわゆる忍び装束《しょうぞく》を着て働く忍者という区分で広まっていますが、忍術秘伝書『万川集海《ばんせんしゅうかい》』＊では、忍術の上手い下手、その中ぐらいをいうのであって、決して身分や身代《しんだい》の大きさを表すものではありませんでした。

しかし、司馬先生の影響力は凄まじいもので、現在に至ってもなお、この「上・中・下忍」の文言《もんごん》はその創作通りに通用しています。

秘伝書は結構普通

僕の小説『忍びの国』では、「下忍」を表す文言としては「下人《げにん》」を当てました。「下人」という文言は当時の言葉として既にあり、最下級の武家奉公人《ぶけほうこうにん》を指すからで、伊賀においてはこれらの人が、忍び働きをしていたということで概《おおむ》ね間違いないからです。『忍びの国』の主人公、無門《むもん》もまた「下人」です。

忍術秘伝書の話が出てしまったので、それについて書いてしまいます。三大忍術秘伝書というものがあって、先の『万川集海《ばんせんしゅうかい》』に加えて、『正忍記《しょうにんき》』＊『忍秘伝《にんぴでん》』＊がそれに当たります。ちなみに『忍秘伝』は服部半蔵が書いたといわれる書物です。

脚本執筆に当たり、そのいずれにも目を通しましたが、結構当たり前のことが書かれていました。

例えば、坊さんに変装して他国に潜入する場合、その極意《ごくい》は、

「お経《きょう》を唱えることができること」

「潜入する地方の方言が話せること」

「潜入する地方の事柄や人情をよく知っていること」

です。

「なんじゃ、そりゃ」

至極当然なことに僕は呆然《ぼうぜん》としてしまいました。秘伝書にはこの種のことが多く、よく知られた「くノ一《くのいち》」、即ち女性の忍者も、忍術秘伝書では、

「女性しか入れない場所に潜入する場合は、くノ一の術（つまり女性を潜入させること）を使え」

と書かれているぐらいのことで、「くノ一」自体が女性の忍者を指すわけでもなければ、術としてもこれまた当然のことを言っているにすぎません。

今回はこの辺で。

＊『信長公記』―織田信長の生涯を描く伝記。信長家臣だった大田牛一が執筆したもので、信長とその時代を語るうえで欠かすことのできない重要史料。

＊『伊乱記』―天正伊賀の乱を中心に、伊賀地方の歴史を伊賀人の視点から描く江戸前期の郷土史料。伊賀上野の豪商の子で国学者の菊岡如幻が執筆。

＊『勢州軍記』―戦国時代の伊勢国の戦乱を描いた軍記物語。伊勢の武将神戸氏の子孫神戸良政が、父祖の記録や現地での聞き書きなどを元に執筆した。

＊惣国一揆―土豪や国侍などの下級在地武士が一国レベルの規模で結束し、従来の領主に替わり自律的な地域支配を行ったこと。またはその組織。

＊『万川集海』―伊賀忍者として知られる藤林長門守の子孫藤林保武が著したとされる忍術・兵法書。書名は「細い川も集まれば海になる」の意味。

＊『正忍記』―藤一水子正武（藤林正武、名取三十郎正澄とも）が執筆した忍術秘伝書。忍術の歴史や忍術の方法論、道具の使用法などが語られる。

＊『忍秘伝』―伊賀忍者の初代服部半蔵保長が、息子で徳川家康家臣となった半蔵正成にさずけ、さらにその子孫が補筆したとされる忍術秘伝書。

若妻をたぶらかした五右衛門

続・結構普通の忍術秘伝書

三度《みたび》、『忍びの国』の取材咄。
忍術《にんじゅつ》秘伝書《ひでんしょ》に書かれていることは、忍者ファンには申し訳ないことながら結構普通のことなのであります。

前回に引き続き、その例を挙げると、

「如夢忍《にょむにん》」

という術があります。

何やら摩訶不思議《まかふしぎ》な感じのする術の名称です。何しろ、読み下《くだ》すと、

——夢の如《ごと》き忍（術）。

ですから。

しかし、この術の正体は、

「人が寝入ってから忍び込むこと」です。

「まんまですな」

僕は、秘伝書に突っ込みを入れずにはおられません。

忍術秘伝書にはこの種の「術」が多く、術の名前はもっともらしく、想像を掻《か》き立てるものなのですが、実像は、

「だったら普通にそう言え」

と言いたくなるようなものが結構あるのです。一方で、

「そこまで言っちゃっていいのか」

と言いたくなるような記述も秘伝書の中にはあります。

「陣中忍時之習《じんちゅうにんじのならい》」

というのがそれ。

――（敵の）陣中《じんちゅう》に忍び込む時の習い。

ということなのでしょうが、その時の心得が記されています。まず、

「帰るときにどこに帰ればいいか分かるように、狼煙《のろし》などの目当てを定めておけ」

というのがあります。

読んだ僕は、

「まあいいだろう」

とぐっと我慢しました。

「その狼煙《のろし》を目当てに敵まで来ちゃったらどうすんだ」

と思わなくもありませんでしたが、帰るところが分からなくなっては仕方ありません。取りあえず良しとしました。

次いで、忍び込む時の頃合について書かれています。

「雑兵《ぞうひょう》たちがあちこちに散らばって竹や木を伐りとっているときか、陣屋《じんや》を構えているとき、または終日戦闘があって雑兵たちが疲れた夜中に忍び込め」

とあります。

「そりゃそうだ」

雑兵たちが待ち構えているところに「どーも」と言いつつ忍び込む馬鹿はいないでしょう。でもまあ、心得としては、一応言っておくべきかもしれません。これも良しとしました。

ところが、最後の辺りに、

「紛れ込むならば下人の中に紛れ込め。間違っても侍の中に紛《まぎ》れ込むな」

とあり、その理由は、

「侍は恐ろしきもの也《なり》」

こらっ。

思わず僕は突っ込んでしまいました。何だ忍者のクセに。忍術を駆使《くし》して、到底、人智のおよばぬ事業を成し遂げるのが忍者じゃないのか。それを言うに事欠いて、侍が恐ろしいとはなんだ。

忍者の名誉のために言うなら、忍術秘伝書の多くが江戸時代になってから書かれたものです。従って、すでに実戦で忍術が使われなくなってから書かれたものが大半と言っていいでしょう。

このため、忍者には不似合いな記述や、ごく当たり前の記述がなされている場合もあるのです。

五右衛門という男

江戸時代より前の忍者は強かった。

戦に出掛けた室町幕府の九代将軍、足利義尚《あしかがよしひさ》を忍術で脅《おびや》かしたことがありました。

このことが武将たちをして、忍術の物凄さを認識させるに至ります。これは甲賀《こうが》忍者が主体となりましたが、伊賀《いが》忍者も参加したようです。ちなみに義尚は、戦に行った陣中で頓死《とんし》します。まだ25歳の若さでした。このこともまた、

「忍者の仕業《しわざ》か」

との印象を残しました。

さて、とは言いながら一方で、忍術秘伝書には、

「もしかしたらあるかも」

と思わせるような記述もまた数多くあります。

ひとつは、僕の小説『忍びの国』にも書きましたが、

「人が歩いた跡《あと》を舐《な》めると塩の味がする」

というもの。

足の裏の汗が地面に吸い込まれるのか理由は一切書かれていませんが、そんな記述があります。僕は地面を舐めたことがないので分かりませんが、いかにも昔の人の知恵のようで、何だかありそうです。

また、

「取り逃がした人間を追うには、斜めに追え」

という教えもありました。

取り逃がした人間を追ったことがないから分かりませんが、何か「あるかも」と思わせなくもありません。

さらに、火術《かじゅつ》に関しては数多くの記述があります。当時の人間が忍者を摩訶不思議《まかふしぎ》に思ったのは、この火薬《かやく》を扱う術が飛び抜けて発達していたからです。

煙を発するものから、時限発火するもの、さらには水中で発火するものなどなど、『万川集海』という忍術秘伝書には、数多くの火薬の調合方法が記されています。もっとも、

「口伝《くでん》（口頭で伝えること）あり」

と併記されている場合も結構あるのですが……。

さて、次回の予告も兼ねて、『忍びの国』の登場人物について少し。

文吾《ぶんご》という少年が登場しますが、これは後の石川五右衛門《いしかわごえもん》です。ほとんど謎の人物なのですが、五右衛門という人間が実際に存在し、釜茹《かまゆ》でになったというのは事実です。当時のイスパニアの商人が書いた回顧録《かいころく》の中にも、その名は登場します。

伝説では、伊賀国の石川村《いしかわむら》（河内国《かわちのくに》の説もある）で生まれ、伊賀の豪族、百地三太《ももちさんだ》夫《ゆう》に奉公したということです。しかし、三太夫の若い妻と密通《みっつう》して、三太夫の金を盗

んで駆《か》け落ちをしますが、途中で気が変わり、忍術を使って姿を消してしまいます。逃げる途中の山道に三太夫の若妻を置き去りにして。

そんな酷薄非情《こくはくひじょう》で、若妻をたぶらかすほど美しい男が、五右衛門という男でした。

百地三太夫の浮気咄

浮気相手の墓

僕の2作目の小説『忍びの国』に登場する忍者たちは、そのほとんどが実在した人物です。

まず、主人公、「無門《むもん》」の主人である百地三太夫は、歴史上、百地丹波《ももちたんば》として登場します。この百地さんは、織田信長が伊賀を攻め滅ぼした「第二次伊賀攻め」（僕の小説の題材は、第一次伊賀攻め）の後も生き残ったとの説もあるほどの、食えない人物でした。

前回、石川五右衛門が主人の百地三太夫の若妻を寝取って共に夜逃げしようとしたけれども、意を翻《ひるがえ》して若妻を置き去りにして逃げた、という話を書きました。一方、この百地さんもまた、女には目がない人のようでした。

信長が活躍した天正年間の百地さんではないかもしれませんが、『伊水温故《いすいおんこ》』*という江戸時代の史料には、伊賀在住の百地さんが仕事先の京都で浮気をしていたという話があります。

百地さんが、その浮気相手に、

「いつか必ずまた京都に来るから、気を長くして待っててくれ」

と伝えて伊賀に戻り数年が経過したころです。恐るべきことに、正妻のいる伊賀に浮気相手がやって来ました。ただ、幸か不幸かこの百地さんは、実のある男だったらしく、言葉通りちょうど京都へと赴《おもむ》いていた時でした。

しかし正妻が許すはずがありません。怒りの矛先《ほこさき》は通常、浮気相手の女性の方へと向かいます。下男に命じて穴を掘らせ、浮気相手をそこへとおびき寄せて突き落とし、殺してしまいました。

京都から戻った百地さんは、浮気相手の屍骸《しがい》を発見します。大いに悔やんで彼女の

墓を築きました。これが、百地家の城、「百地砦《ももちとりで》」付近に現在もあり、

「樒塚《しきみづか》」

として知られています。墓から一夜にして樒《しきみ》の木が生えてきたということから、その名が付けられました。


次に木猿《きざる》という老忍者。


この忍者は、『万川集海』という忍術秘伝書に登場する男で、

「隠忍《いんにん》の上手《じょうず》」

として挙げられた11人の中に「下柘植《しもつげ》の木猿」として紹介されています。

この木猿という忍者は、「忍者の手本」とも言えるような男であったらしく、

「木猿が伝えるところの術である」

との文言が、秘伝書の幾つかの箇所に登場するほどの忍術上手でした。木に登るさまが猿のようであったから、この異名が付いたとも言われています。


ちなみに、似たような名前の忍者に「下柘植の小猿」という忍者がいます。これも、11人の隠忍の上手に数えられる男ですが、身体の小さな男であったらしく、上水の樋《ひ》を伝って城に忍び込んだとの奇功のある忍者でした。「猿飛《さると》び佐助《さすけ》」のモデルとなったのが、この小猿です。

織田方に「伊賀を攻めてくれ」と頼む伊賀忍者、下山平兵衛《しもやまへいべえ》もまた、概《おおむ》ね実在の人物です。史料では、頼んだのは父の下山甲斐《かい》という人物でしたが、考えあってその息子が伊賀攻めを依頼するといった話にしました。

史料によると、下山甲斐の方は伊賀を裏切ったと見なされ、伊賀者によって殺されたという説と、伊賀忍者に負けた織田方から「わざと織田軍を伊賀に攻め込ませたのではないか」と疑われて捕まり、織田方の城の中でなぜか絶食して餓死した、という説の二通りがあります。小説の中で、下山平兵衛が主人公の無門に殺されてしまうのは、この史料に牽引されたからです。

織田方の武将として登場する柘植三郎左衛門《つげさぶろうざえもん》という男も、伊賀忍者でした。三重県伊賀市には、現在も柘植《つげ》町という地名が残っており、三郎左衛門はこの周辺の出身でした。

この三郎左衛門が、家族を連れて伊賀から隣国の伊勢へと渡り、伊勢の名族《めいぞく》、木造《こづくり》家に仕えて家老にまで立身します。織田信長がその死を悼《いた》んだほどの男ですから、よほど有能な男だったのでしょう。この男が故郷である伊賀に攻め入るのですから、奇妙な話です。この史実から、『忍びの国』に出てくるような三郎左衛門像が作られました。

最後に石川五右衛門について、ちょっと変なエピソードを一つ。五右衛門が釜茹《かまゆ》でにされるべく、役人に三条河原へと引っ立てられていた際、一人の男が突如《とつじょ》躍り出て、役人を一人斬り倒しました。その際、男は、

「五右衛門殿、日ごろの恩に報いましたぞ」

と礼を言って、そのまま逃げ去ったということです。どうせなら、五右衛門も助けたらどうなんだ、と僕は思いましたが、『常山紀談《じょうざんきだん》』*や『翁草《おきなぐさ》』*といった江戸時代に書かれた戦国期のエピソード集に書かれてあるのがここまでなので仕方ありません。

五右衛門の恩に報いたこの男は、田中兵助《たなかひょうすけ》という武者。後に加藤清正《かとうきよまさ》に仕えましたが、清正に申し立てた自らの手柄を「嘘だろう」と疑われ、怒って所領を返上して加藤家を飛び出したという変な男です。五右衛門がどういう形にしろ実在したことの証拠の一つです。

伊賀の現地取材へ

登場人物はこの辺にして、三重県伊賀市の現地取材でのこと。

前にも書きましたが、小説『忍びの国』にはまず脚本があり、現地取材も脚本執筆

のためのものでした。「城戸賞《きど》」という脚本賞を受賞して初のプロとしての仕事のため、プロデューサーを伴っての取材は、

「作家してんなあ」

と随分気分が良かったのを覚えています。

しかし、現地取材に至るまでの過程は、なかなか間の抜けた感じのものでした。

というのも、脚本を執筆するためには、まずプロットというあらすじのようなものを書かなくてはなりません。プロデューサーたちは、このプロットの良し悪しで、実際に脚本にするかどうかの可否を判断します。

具体的には、僕に忍者モノの脚本を依頼した映画会社が、僕のプロットを企画会議にかけ、脚本にしていいかどうかを決めます。プロットが悪ければクビ、良ければ脚本を実際に書くことになります。

なぜ、脚本執筆の前の段階でいちいち会議をするかというと、僕のギャラの問題に尽きます。脚本を僕が書いた場合、プロットを書いただけの場合10倍近いギャラが発生します。

なので、プロットが悪ければ、安い金額でクビにしてしまえというのは当然の判断なのでした。

こんな世知辛《せちがら》い感じなので、プロットを練っている段階で、現地取材の予算など出るはずがありません（とりわけ僕は新人でしたので、最もこのことが当てはまるでしょう）。

従って現地取材には、プロットを書き終えて脚本を執筆する前の時点で行きました。でも脚本家にとってプロットは脚本本体を書くことよりも重要といっていいものです。本来、現地取材はプロットを書く前にするのが当たり前。

僕が「間が抜けた」と書いたのはこのためです。こうして僕は文献で知り尽くした伊賀国を確認しに行くという妙な取材に行くことになりました。2004年10月ぐらいのことでした。

しかし、それでも伊賀は驚嘆に値する取材先でありました。

＊『伊水温故』─『伊乱記』の作者菊岡如幻が著した郷土史本。忍者でなく、伊賀地方の地域史や寺社の由来、地名伝承などをまとめた貴重な地誌。

＊『常山紀談』―備前岡山藩に仕えた江戸中期の儒学者、湯浅常山の著。戦国武将の逸話四七〇話を収録し、今日の戦国武将のイメージを決定づけた。
＊『翁草』―江戸後期の随筆家で、京都町奉行の与力を務めた神沢杜口の著。京都周辺にまつわる歴史、地理、文学、芸能から世相にまで筆はおよぶ。

忍者屋敷での初体験

初のプロとしての取材

僕の2作目の小説『忍びの国』の元ネタ脚本（同じ題名です）を書くため、伊賀へと取材に行ったのは、２００４年の10月ごろでした。

映画のプロデューサー二人に伴われての取材です。これまでの取材は、『のぼうの城』のくだりでも書いた通り、自分でアポを取り、自転車でのろのろと取材するといった、相当、素人な感じのものだったので、取材費は出るわ、要望通りアポは取ってくれるわの取材は、かなり気分の良いものでした。

「伊賀上野《いがうえの》駅では、上野市役所（現在は伊賀市役所）の観光課の人が待ってくれています」

　とプロデューサーは言います。どうやら観光課の人が、僕のリストアップした史跡を車で案内してくれるようでした。

（――車か）

『のぼうの城』取材篇でも書きましたが、本来取材は歩いてするのが最も良いと僕は考えています。風景もよく目にとまるし、何よりも昔は車などなかったからです。しかし、今回は伊賀の史跡を見る一方で伊勢の史跡も見学し、さらには伊勢から織田信《おだのぶ》雄《かつ》が伊賀に攻め入った際の進軍経路（三つあります）をいちいち回るつもりでしたので、車でもなければ不可能でした。

　さて、伊賀上野駅に着くと、言葉通り上野市役所の観光課の人が待っており、まずは平楽寺の址《あと》へ行くことにしました。

　平楽寺は、小説『忍びの国』にも登場しますが、百地三太夫《ももちさんだゆう》ら伊賀を代表する侍12人が、伊賀国の運営について話し合ったという場所です。寺のくせにかつては周囲に堀を巡らし、一種城郭《じょうかく》のような構えだったということです。これが、現在の伊賀上野城にあったとのことで、詰まるところ伊賀上野城址《いがうえのじょうし》に行きました。

伊賀上野城址着。

しかし、平楽寺を偲《しの》ばせるものは一切ありません。というのも、伊賀上野城を築城する際に大規模な土木工事が行われ、この一帯の土地の形状が変えられてしまったからです。

（ま、それでも伊賀上野城のあった場所に、平楽寺もあったこと自体が大事なんだしな）

僕はそう思い直しました。

伊賀上野城は上野台地という台地に乗っかっており、伊賀盆地に進軍したとしても城を攻めるには、何らかの坂を上らなくてはなりません。戦になった場合、その坂が幾重目かの防御線《ぼうぎょせん》となります。そんな要害の地に平楽寺は建立されていたわけで、この寺の性格が何やら知れるような気がします。

（さて、次）

さっさと平楽寺址に別れを告げようとすると、

「和田さん」

とプロデューサー。「あれ、行っておきませんか」と言う。

示す方向を見ると、忍者屋敷《にんじゃやしき》の看板。

　ご存じの方も大変多いと思いますが、伊賀上野城には忍者屋敷があり、忍者ショーなんかもやっています。忍者ショーはこの時お休みでしたが、忍者屋敷では、ピンク色の忍び装束を纏《まと》った「くノ一」たちが、わざわざ室内を案内していました。

（こういうのいいんだけどなあ）

　面倒でした。

　これまたご存じの通り、忍者屋敷には壁がどんでん返しになっていて、人が壁の中に入ることで消えるように見えたり、刀を隠していた場所があったりと、いかにも忍者に相応《ふさわ》しい工夫がなされています。また、この忍者屋敷自体も後世の作り物ではなく、実際に使用されていたのですが、僕はこれを物語の中で使用する気はありませんでした。と言うのも、忍者屋敷にいくら細工を施しても、外から火矢《ひや》でもって焼かれてしまえばそれまでで、地下道による逃げ道もあるにはあったようなのですが、

これも遠巻きにすれば、さほどの効果は発揮しそうもないと思えたからです。

でも数分の後には、ピンクの「くノ一」の指導のもと、壁のどんでん返しをやっている僕がいました。敷居《しきい》の下に隠した忍者刀（鞘《さや》に対して刀身が短い。直刀《ちょくとう》）を取り上げさえしました。

面白かった。

（ニンジャ、最高！）

思いましたが、小説にはやはり使いませんでした。

百地三太夫の城、百地砦へ

次に向かったのは、百地砦《ももちとりで》。

ここも、『忍びの国』に登場します。主人公、無門の主人、百地三太夫の城で、僕も行くのを楽しみにしていました。

「ここからは歩きで」

と観光課の人が言うので、山の麓《ふもと》で車を降りて少しばかり斜面となった道を行きます。途中、田圃《たんぼ》一反《たん》ぐらいの池（というより沼）がありました。

「これが丸形池《まるがたいけ》です」*

観光課の人は言います。

丸形池は、忍者たちが「水遁《すいとん》の術*」などを練習させられたとの伝説がある池で、忍者マニア（僕はそうじゃないのですが）の中ではそこそこ知られた池です。

伝説がホントだとすると訓練途中で死んだ者などざらにいたでしょうから、沼っぽい池ということもあって、何やら不気味な感じのする所でした。

池の脇を過ぎると、すぐそこに百地砦はありました。

山裾《やますそ》の斜面を利用したこの砦は、最も高い位置に主郭《しゅかく》があり、少し下って二の郭、三の郭と複数の曲輪《くるわ》を備えています。

一見すると普通の山裾ですが、見上げると、人工的に作った土の壁《かべ》（土塁《どるい》）が続いていることが見て取れます。その土塁に2、3メートル幅の切れ目があり、そこが城門のあったところだと分かりました。

土塁の切れ目から内部に入ると、建物はすでにありません。残っているのは土塁だけで、あとは木々が生えるに任せてあるばかりです。ただ、その土塁が3メートルぐらいの土の壁であることには少々驚かされました。

曲輪はそれぞれ小さな家が1～2軒建つ程度の広さ。砦《とりで》全体でも、大名クラスの城に比べればそう大きなものではありません。ただ、土塁の異様な高さとこじんまりした砦は、武骨な伊賀の地侍《じざむらい》のイメージを大いに膨《ふく》らませてくれました。

百地砦を後にすると、次は丸山城に向かいます。再び車で移動しました。

僕は助手席で、観光課の人に移動中も話を聞いていました。ふと後部座席を見ると、

（……寝てる。二人とも）

取材は作家に任せてということなのか、お休みタイムに突入していました。しかし、丸山城へ向かう途中で、僕は伊賀国の恐るべき実態に出合うことになります。

＊丸形池―百地砦跡に現存する水堀。城の防御のために設置されたが、水源としても利用されたと推定される。忍者が修業したとの伝承もある。

＊水遁の術―敵の眼から逃れる「遁術」の一つで、水の中に身を潜めたり、水蜘蛛を使って水上歩行するなど、水を利用する忍術全般をこう呼ぶ。

要塞化した伊賀の地に仰天

あそこもここも砦、砦

2004年の10月ごろ、『忍びの国』の脚本執筆のため、伊賀取材に映画プロデューサー二人と出掛けた僕は、上野市役所（現在は伊賀市役所）の観光課の方の車で史跡を廻っています。後部座席でスヤスヤとお休み中のプロデューサー二人に驚愕《きょうがく》しつつ、車内で観光課の方にお話を伺いました。僕は書かなくてはならないので、車で疾《しっ》走《そう》中も、周囲の風景を頭に収めなければならないのです。

車外に目をやると、田圃《たんぼ》の中にポツンと家が建っています。

その家が異様でした。土塁に囲まれているのです。車から見ると、一階部分は土塁によって隠れ、二階部分が頭を出しているという有り様でした。

「かつての砦ですね」

観光課の方はこともなげに言います。

（マジか）

現在でも、先祖伝来の土地に建てられた住居は、門構えが立派だったり、やたらと敷地面積が広かったり、キレイめの立派な塀が巡らせてあったりするものですが、こんなのは見たことがありません。砦の外郭《がいかく》の土の塀《へい》だけは残して、砦内部には現代風建築がなされているようでした。

「結構、ああいった家は多いですよ」

観光課の方はまた軽々と言います。

見れば、過ぎ去っていく風景の中に、それらしき建物が含まれています。

試しに、

「じゃあ、あれもそうですか」

と訊《き》くと、

「そうですね」

との返事。

「じゃあ、あれも？」

「そうです」

「これも？」

「そう」

（砦だらけじゃんか！）

先に見た百地砦は山裾《やますそ》にありました。

通常、砦は防衛上の都合から、山の頂上に築いたり、山裾に築いたり、川に囲まれた土地に築くものなのですが、伊賀の砦の立地は見境《みさかい》ありません。イキナリあります。

伊賀国は盆地の中にあるのですが、それでも、山裾が入り組んでおり、僕から見ても要害の地であると明らかなところが、幾つもありました。

試しに、その山裾を指して、

「あそこに砦は？」

と訊くと、

「ありましたね」

とのお返事。さらには、

「えっと、あそこも砦でしたし、あれも、そこも、あとはあれもあれも」

運転しながら、次々に指差していくではありませんか。

（全部、砦かここ）

僕は心底、驚嘆しました。

もうとにかく、少しでも要害《ようがい》の地と見ればたちまち要塞《ようさい》化した伊賀忍者たちの実態が見て取れるかのような光景でした。

後に調べたところ、伊賀国には６３４箇所の中世の砦が確認されているとのことでした。確認されているものでもこれだけあるのに、文献にはあっても調査していない所がさらに２３４箇所あるそうです。合計８６８箇所。

伊賀国の石高《こくだか》は10万石程度といわれています。だいたい兵力は百姓たちをひっくるめても、最大で５０００人程度です。それに対してこの８６８箇所の砦ですから、いかにその数が異常かが分かるかと思います。

（――何つう国だこりゃ）

大げさに言えば、寒気さえ覚えながら、車窓の風景に改めて目をやったものです。

天正伊賀の乱発祥の地へ

さて、車は走り続け、「丸山城址《まるやまじょうし》」という場所に到着しました。熟睡しているプロデューサー二人を叩き起こして、山城である丸山城に登り始めます。

この城は、伊賀国内にある「天正伊賀《てんしょういが》の乱発祥《はっしょう》の地」です。ところが築いたのは、隣国である伊勢の人たちでした。織田信雄《おだのぶかつ》（信長の次男）が伊賀攻めを行う拠点として築城したのです。

奇妙なのは、伊賀の人たちが丸山城を築くことに易々と同意したことです。さらに変なのは、城が完成した途端、

「信雄は伊賀を侵略する気だ」

と怒り出し、兵を挙げて丸山城を焼いてしまったというのです。信雄はその仕打ちに怒り（当然でしょう）、伊賀へと攻め込もうとの決意を新たにします。そんなことから、丸山城は「天正伊賀の乱発祥の地」と呼ばれるようになりました。

この話は、『伊乱記』という史料に出てきます。このヘンテコな伊賀の人たちの反応の理由を、僕なりに解釈したのが、『忍びの国』での伊賀の侍たちが仕組んだ、とある「謀略《ぼうりゃく》」です。

丸山城は、建物は焼かれているので存在せず、曲輪《くるわ》らしき跡が残っているだけです。百地砦もそんな感じでしたが、中世の城巡りはだいたいこんなものです。江戸時代の姫路城《ひめじじょう》を見るといった華やかさは全然ありません。ほとんどただの山登りです。

20分ぐらい山を登って頂上の本丸にたどり着きました。見ると本丸に巨人が居座るがごとく、デンと石垣が積み上がっています。

天守台《てんしゅだい》といわれるものです。その上に天守閣《てんしゅかく》が乗っかる形になります。

「あったんだ、天守閣が」

ちょっと驚きました。

天守閣の始まりは、織田信長の安土城《あづちじょう》とするのが一般的ですが、信長が安土築城に着手したのは天正4（1576）年のことです。一方、丸山城は天正5年に築城が始まったと思われます。伊賀のような小国の城にも天守があったということは、いかにこの天守閣というものが流行っていたか、流行ってないとすれば、信雄がいかに丸山城を重視していたかのどちらかであろうと思われました。

（さて、次）

取材の手応えを感じつつ、その日の取材は終えました。観光課の方と夕食をご一緒した後、店を出ると、ひっそりとしてやたらと暗闇が目立っていたのが印象的でした。10月なのに底冷えするような寒さだったのも思い出されます。

翌朝、今度は僕が叩き起こされ、再び観光課の方の車で、取材開始。

次の取材先は伊勢です。『忍びの国』で、猛将、日置《へき》大膳《だいぜん》が伊賀へ攻め込んだ経路を遡《さかのぼ》って、隣国伊勢へと入ることにしました。

進軍経路に佇むカップルたち

伊勢の軍勢の進軍経路へ

引き続き『忍びの国』取材咄。

小説『忍びの国』の題材、「第一次伊賀攻め」または「天正伊賀の乱」発祥の地である丸山城を取材した僕と二人のプロデューサーは、上野市役所（現在は伊賀市役所）の観光課の方の車に乗って、次の取材先へと移動しました。

今度は、取材先というよりも進軍経路です。

なので、車でひたすら移動しました。

織田信長の次男、信雄《のぶかつ》に率いられた伊勢の軍勢は、三つの進軍経路を取って、伊賀へと攻め込みます。

一つ目が阿波口《あわぐち》。「口」というと分かりにくいかと思いますが、「道」の意味だと思ってください。これは、三重県の地図で見ると現在の伊賀街道が、概《おおむ》ねそれに当たります。

二つ目が伊勢地口《いせじくち》。これは、現在の初瀬《はせ》街道に該当します。

これら二つの進軍経路は、東西にほぼ並行に走っていて、伊勢の軍勢は、東から西へと軍を進めました。その二つの進軍経路の中間で、これも並行して走っている道が、三つ目の馬野口《ばのくち》。

丸山城に最も近いのが、伊勢地口でしたので、まずはその進軍経路をたどることにしました。小説では、日置大膳《へきだいぜん》という猛将が取った路です。僕たちは伊賀から伊勢に行くので、進軍経路を逆に行ったということになります。

伊勢と伊賀との間には、布引山地《ぬのびきさんち》という山の群れが、屏風《びょうぶ》のように長々と横たわっています。そんなわけで、どの進軍経路を取ったとしても、何らかの「峠」を越えなければなりません。伊勢地口の場合、それが「青山峠《あおやまとうげ》」というところでした。まずは、青山峠を目指すことにしました。

丸山城を出て、川沿いの山道に入り、どんどん車で登っていきます。木々が生い茂っているので、昼でもあまり明るさを感じません。薄暗い中をぐねぐねと曲がる道をたどって、明るくなったと思ったら青山峠でした。

現在は「青山高原《あおやまこうげん》」の名称の方がポピュラーで、ガイドブックなどにもこっちの名称で記されている場合が多いようです。高原の名にふさわしく、随分と広い空間でした。

進軍経路のカップルたち

（さて、取材）

と車を降りたところで気付きました。

（カップル多いなあ、ここ）

至るところに車が停められており、カップルが眼下の景色を見ながら、色んなことを言ったりしたりしています。

何しろ、峠ですから眺めが良いのです。ここから伊賀も見下ろせますし、反対側に回れば伊勢も眺めることができます。伊勢側は海まで見えて、これが夜だったら相当イイ感じでしょう。そんなカップルの中を行く、オッサン４人。何だか、猛烈に恥ずかしかったです。

気を取り直して取材。

伊勢から進軍してきた日置《へき》大膳《だいぜん》の軍勢はこの峠を通った際、必ず伊賀を見下ろしたはずです。ここから大膳が見た伊賀を、是非とも頭に収めたいところです。

（日置大膳は、どんな光景を見たのか）

伊賀側を見下ろすと、山の尾根が襞《ひだ》となって重なった先に、上野盆地が見えました。

（おお）

上野盆地に霧《きり》がかかっています。伊賀国を隠すがごとくかかった霧は、いかにも忍びの国に相応しいものに思えました。

（こりゃ、絵になるわ）

思っている横で、

「わあ、風車」

と女性の声。

無論、車を停めた時から分かっています。風力発電のための巨大な風車が何機かぐるんぐるん回っています。

（お嬢さん、あれは炭素繊維《たんそせんい》という素材でできているんですよ）

当時、僕は繊維業界新聞社の記者をしていたので、そんな知識

を持っていました。炭素繊維は、軽くて強いこれからの使用を見込まれる素材で、航空機、ゴルフシャフトなどに使用されています。そのうち主要な用途とされるのが、この「風車」です。映画『アバター』で、異星人たちの骨の組成物質として設定されているのも、この素材。

「お嬢さん、知らなかったでしょう」

などと言うはずがなく、炭素繊維の知識を胸に秘めつつ、次の取材へと移りました。山道を下って、伊勢へと入り、北上します。次は阿波口へと向かいました。織田信雄が、主力兵団を率いて進軍した経路です。

今度は、伊勢から伊賀へと行きますので、進軍経路そのままです。川沿いの山道に入り、どんどん車で登っていきます。木々が生《お》い茂《しげ》っているので、昼でもあまり明るさを感じません。そんな中をぐねぐねと曲がる道をたどって、明るくなったと思ったら峠に差し掛かり……。とここまで来たところで、愕然《がくぜん》となりました。

(伊勢地口と同じじゃん、これ)

よくよく考えれば分かることだったのですが、「第一次伊賀攻め」で戦場となったのは、この山道でした。伊賀忍者たちは、進軍経路の山中で伊勢の軍勢を待ち構え、迎え討ったのです。

山道など、よほどのことがない限り、大きくは違いません。しかし、脚本を執筆する前段階から、三つの攻め口での戦闘をそれぞれ描くつもりだったので、大差ないでは困るのです。戦闘の場面が切り替わって、「今、どこの場面だ？」とお客さんがきょとんとしてしまっては、だいなしです。

（困ったな、こりゃ）

思いつつ、峠を越えて再び伊賀へと入り、今度は馬野口《ばのくち》へと向かいました。小説の中で、長野左京亮《ながのさきょうのすけ》と柘植三郎左衛門《つげさぶろうざえもん》という信雄《のぶかつ》配下の武将が取った進軍経路です。

ここは他の二つの道とは異なっていました。

ほとりに川が流れているのは同じですが、車が通れるような道がありません。仕方がないので、徒歩で行けるところまで行くことにしました。いくつかの史料の中では、馬野口は「鬼瘤越え《おにこぶご》」という難所が伊勢との境界になっていたとされていて、できればそこまで行きたいと思っていました。が、すぐにその希望も打ち破られました。何やら崖崩れ《がけくず》があったらしく、通行止めになっていたのです。現在もなお、「鬼瘤越え」は難所のようでした。

「景色が変わらない問題」は、その後、解決を見た（はずです）。小説をお読みの方は、戦闘シーンになった際、「こいつ、こんな程度のことで苦労してたのか」と思ってもらえればうれしいです。

金持ちの信雄VS貧乏の伊賀者

織田信雄の居城、田丸城

『忍びの国』取材咄の続き。

伊賀で伊勢軍の進軍経路を取材した僕と、映画プロデューサー二人は、上野市役所（現在は伊賀市役所）の観光課の方の車で、再び伊勢へと入りました。

今度の取材先は、田丸城《たまるじょう》。

信長《のぶなが》の次男坊、織田信雄《おだのぶかつ》が、伊勢の北畠《きたばたけ》氏に養子に入った際、居城《きょじょう》としたところです。

小説の中では、伊勢の軍勢1万余が集結し、伊賀へと進軍する出発点として登場します。

観光課の方の運転する車で乗りつけました。

（これか）

城は、大した高さはなく、ほとんど丘といってもいいところに築いてありますが、一応、山城です。山頂の本丸に登ると、

（またか）

天守閣を乗っける天守台があります（現在は天守閣はありませんが）。

以前、天正伊賀の乱の発祥の地である、丸山城の取材のところでも書きましたが、信雄が田丸城を築いたころは、まだ天守閣が珍しかった時期です。

この田丸城は信雄が一から築いたわけではなく、昔からあったものを大規模な土木工事を経て、改造した城です。そこに天守閣を築いたというのですから、織田家がいかに富裕であったかが分かるというものです。それに対して、伊賀で見た百地砦などの貧弱さはどうでしょう。この天守台を発見したとき、金持ちの信雄vs貧乏な伊賀者という構図を改めて思い起こしました。こんな富裕な伊勢の軍勢に、伊賀忍者が勝ったというのですから不思議です。

（ま、こんなもんですな）

専門的には様々面白いところもあるようですが、読者が読んで、「何を！」と驚くようなところは取り立ててありません。田丸城が信雄の居城であったことと、この時代にはまだ珍しかった天守閣があり、大金持ちの城であったことが、読者にとって最も重要なところであろうと思われました。

（さて、次）

西に向かい、北畠氏の本拠があった多気《たき》へと向かいました。ここには、霧山《きりやま》城という山城があって、織田信長と対決した北畠具教《とものり》（『忍びの国』の冒頭で暗殺される人です）もまた、ここに住んでいました。でも小説にも登場せず、あまりエピソードもないので、ここでは省きます。

驚愕、プロデューサーの一言

続いて大河内城へ。「おかわち」と読みます。

この大河内城は、小説の中ではシーンとしてはほとんど描かれませんが、北畠家にとって重要なターニングポイントとなった城です。

小説の主題である「第一次伊賀攻め」からさかのぼること10年前の永禄12（1569）年、信長は北畠具教の拠点であった伊勢の南部に侵攻します。具教は、先ほど触れた霧山城では防衛に不充分と思い、籠ったのがこの大河内城《おかわちじょう》でした。

信長は、7万の軍勢で大河内城を攻め上げますが、具教は持ちこたえ、遂に和睦《わぼく》ということで決着しました。その和睦の条件として提示されたのが、「信長の次男、信雄を北畠家の養子に入れること」でした。当時の北畠家では、「これは人質を取ったということだ」と解釈したということですから、合戦を優勢のうちに終えていたのでしょう。しかし、その後は、信長の勢力も増し、北畠家は乗っ取られる形になりました。

（田丸城よりは険しそうだな）

山城を見上げた僕は思いました。標高もそこそこありそうでした。

そこに、プロデューサーの一人が驚愕《きょうがく》の一言を発しました。

「オレ、ここで待ってる……」

Mさんという人です。

紹介していませんでしたが、二人のプロデューサーのうち、一人は若く、映画会社の社員で、一人はおっさんでフリーのプロデューサーでした。

Mさんはおっさんの方です。

「リョウちゃん（なぜか僕をこう呼んできます。わずらわしいので、ほっといてます）、今度呑みいこうよ」

と言いつつ、一年も連絡してこないような愛嬌《あいきょう》のある人物です。

何しろ、おっさんなので、忍者に関しての好みも古く、

「リョウちゃん、服部半蔵《はっとりはんぞう》登場させてよ」

と困ったことを要望してきます。

「できませんね」

物語の作り始めの頃、僕はそんなことを言っていたのを思い出します。

（服部半蔵なんて、21世紀の人間は興味ねーよ）

僕はそう思っていました。

ついでなので、服部半蔵に触れておきます。最も有名なのは、正成《まさなり》という名乗りを持つ半蔵ですが、この半蔵は伊賀生まれではありません。ちなみに父は通称、半三、息子も半三で皆、「ハンゾウ」です。わざわざ名乗りを記したのはこのため。

半蔵は、忍者というよりも、武将というイメージの方が合うかと思います。同い年の徳川家康に仕えて、「鬼半蔵」などと呼ばれました。徳川十六神将《とくがわじゅうろくしんしょう》の一人としても

数えられています。

半蔵で最も好きなエピソードが、徳川家康の子、信康《のぶやす》が織田信長の命令で切腹せざるを得なくなった際の話です。このとき、半蔵は朋輩《ほうばい》と二人で、信康の介錯《かいしゃく》を命じられました。半蔵は、信康の背後に立ち、刀を構えますが、泣けて泣けて、どうしても信康の首に刀を振り下ろすことができません。しょうがないので、朋輩の方が首を落としました。

その話を聞いた家康は、

「半蔵めは、信康の首を落とすのをためらったのだな」

と、感謝するふうだったといいます。首を落とした朋輩の方は、たまったものではなかったでしょう。

半蔵がたびたび合戦場でも功名を挙げたところを見ると、陰に働く忍者としてのイメージよりも、陽に働く武将の方が実像に近かろうと思います。

そんなわけで、大河内城《おかわちじょう》。

「オレ、ここで待ってる……」

と音《ね》を上げたのは、Mさんが怠惰だからではなく、おっさんで、体力の限界に達していたからでした。僕たちは、おっさんを一人残して大河内城の山道を登り始めました。大河内城の話は、このMさん話が最も印象的だったので、これで終わりにしておきます。

いざ！松阪牛

松阪牛！

「さあ、『忍びの国』執筆咄の続きを」

と思ってパソコンに向かったら、もうネタがないことに気付きました。『忍びの国』の歴史に関することで、面白いのはもうありません。なので、最後に取材時の思い出を一つ。

伊賀と伊勢（いずれも三重県です）の取材は二泊三日でした。一泊目は連載の何回目かに書いた通り、伊賀に宿泊。二泊目は伊勢の松阪に泊まりました。

事件は二泊目の松阪で、夕飯時に起きました。

取材の際は、史跡巡《しせきめぐ》りがあくまでメインなので飯など何でもよく、通りかかった飯屋などで済ませてしまうのがパターンなのですが、松阪は音に聞く「松阪牛《まつさかうし》」がありますす。僕はいい歳こいてこの「牛」を食ったことがありませんでした。是非、本場で食ってみたい。

「リョウちゃん、松阪牛食おうか」

前回登場した、おっさんのプロデューサーMさんが、無遠慮に言ってきます。

無遠慮に言うはずです。

飯代は、もう一人の映画会社のＩさんというプロデューサー（30歳台）が、取材費から出すのですから。ちなみにＩさんは腰の低い、途轍《とてつ》もなく善良なヒトです。Mさんのこの一言を大真面目に受け止めている様子でした。

この取材の冒頭で述べた通り、この取材旅行は結構な貧乏旅行です。松阪牛など、つま先もあてがわれるはずがありません。

しかし、初のプロとしての取材旅行で気負い立っていた当時の僕は、一方でこうも思っていました。

（オレをどの程度に見てるのかな）

松阪牛が群れをなして待っている松阪の地で、僕をどんな店に連れていくのか。それによって僕の映画会社にとっての「価値」を測ろうと思っていました。価値ある脚本家と見ているなら、松阪牛が食えるイイ店に連れていくに違いない。

完全に雑誌等の影響です。

高名な小説家が取材旅行に出掛けて、その土地の超有名店に行き、そのことが逆に店にとっても宣伝になり、その作家の死後、「○○先生が訪れた店」みたいなことが語り継がれる、といった感じの……。

松阪には「和田金《わだきん》」など超有名店がありますが、そこではないにしろ、それなりのところに連れていってくれるのではないか。何しろ、既に取材は終わり、明日は帰るだけという、一種の「打ち上げ」なのですから。

（さあ、どうするのだ）

今考えれば、飯なんかどうでもいいのですが、当時の僕は、結構まじめにIさんの横顔を見つめて、その発言を待ちました。

「焼肉……行きましょうか」

Iさんはようやく言葉を発しました。

すでに松阪牛からズレています。焼肉という大雑把《おおざっぱ》なジャンルへと、巧みに文言をすり替えていました。

（ま、いっか焼肉でも）

なんだか打ち上げに相応しいような気もします。

力なくヨロヨロと僕らを先導するＩさんに導かれながら、僕たち三人はどういうわけか大通りを外れ、明かりの乏しい場所へと入り込んで行きました。

お店が示す僕の「価値」

「ここにしましょう」

と、Ｉさんが指し示した「焼肉屋」こそ、映画会社が僕に対して抱いている「価値」そのものでした。

以下、僕の「価値」を箇条書きにします。
①まず暗い裏通りの狭い小路に面している
②焼肉屋と狭い小路を挟んで、なぜか工事現場がある
③焼肉屋が、台風になったら絶対吹っ飛ぶ掘立小屋《ほったてごや》である
④そもそも焼肉屋でさえなく、なんだか牛肉のスジのようなものを焼いて食った

⑤……………

（しょうがないよな、取材費がないんだから。オレの価値ってわけじゃねえよ、コレは……）

そう自分を慰めつつ、妙に硬いスジのようなモノを、くちゃくちゃやりながら、僕は半泣きになっていました。Mさんは、なぜか松阪牛とは正反対のこの店でも、上機嫌でした。僕は今でもその意味が分かりません。

（呑んじゃお）

酒だけはどこも同じですから、ビールをしこたま呑みました。

当然、オシッコに行きたくなります。

「あの、トイレは」

店のカウンターの中にいた女将《おかみ》らしきオバちゃんに訊きました。

ちなみに、店（掘立小屋）の内部について書いておくと、カウンターがあり、カウンターには椅子が4～5席、テーブル席は一つ。僕たち3人はテーブル席のガス焼き器で、スジのようなモノをジュージューやってました。

「トイレはどこでしょう」

なぜか答えない女将の前のカウンター席に、客らしきおっちゃんがいます。最前か

ら女将と話し込んでいたおっちゃんは、やおら僕の方を向くと、

「兄チャン、ションベンかい」

と怒鳴るように訊いてきました。

「そうです」

僕が答えると、おっちゃんは、

「ここ便所ないんや。隣の工事しとるとこでやって。立ちション」

（そんなんアリか。つーか客のお前が何故返答したのだ）

思いながらも、僕を呼ぶ自然には敵いません。再び半泣きになりながら工事現場へと赴き、運よく簡易トイレを発見し、用を足しました。

「二次会行く？」

焼肉屋を出るなり、Mさんが言ってきました。

「いいですよ」

僕が答えると、腰の低いIさんがおずおずと言ってきました。

「二次会は自腹で……」

（仕事で来て、自腹……）

僕はすでに驚く気力などありませんし、先ほど書いた僕の「価値」について考える

余裕さえ残っていませんでした。

「自腹なら行かねえ」

などとは言うはずもなく、「いいですよ、行きましょう」と元気を出して答えました。

二次会は宿泊先のホテルに近い、変なスナック（って言うんでしょうか）的なところに連れていかれました。普段は焼酎《しょうちゅう》を呑まないのですが、何故かこの日は呑みました。銘柄は、

「鏡月《きょうげつ》」とあります。

焼酎は全然知らないので、「焼酎は詳しくないんですが、珍しいんですか、これ」と店の人に訊くと、

「ええ、珍しいですよ」

とのお返事。

取材が明けて、都内に戻ると、「鏡月」はコンビニに置いてありました。今でも、「鏡月」のボトルを見ると、この適当なやりとりを思い出します。

戦国武将の
友情と心意気
『小太郎の左腕』
執筆咄。

猛将・林半右衛門のこと

初の戦国脚本の小説化

僕の3作目の小説『小太郎の左腕』。

この小説は、先だって発表された「山本周五郎賞《やまもとしゅうごろう》」という文学賞の候補に挙がったものの、またも落っこちてしまいました。『のぼうの城』が直木賞《なおき》候補と本屋大賞2位、『忍びの国』が吉川英治《よしかわえいじ》文学新人賞候補、それでこの『小太郎の左腕』という有り様なので、

（今後、どれだけ候補コレクションが増えていくんだろ……）

と前途が危《あや》ぶまれてなりません。

ときどき物好きな人が僕に講演しろと呼んでくれたりするのですが、その際、僕を紹介するときに、

「○○賞候補」

と「候補」ばっかりが連呼されるのが、

「結局、受賞逃しただけっす」

と晒《さら》し者にされているようで、結構恥ずかしいです。

その『小太郎の左腕』。

お読みになった方は、お分かりかと思いますが、これは架空《かくう》の物語です。

実は、これは僕が初めて書いた戦国モノの脚本がベースとなっていて、『のぼうの城』『忍びの国』のベースとなった脚本よりも前に書いたものでした。

そういう本ですので、僕が当時持っていた戦国の知識やらイメージを洗いざらい突っ込んだ、おもちゃ箱のような脚本＝小説で、僕にとって思い入れが強い物語です。

何しろ何でも出てくるというお話で、野戦《やせん》から籠城《ろうじょう》戦から忍者から鉄砲衆《てっぽうしゅう》から、もちろん無茶苦茶な戦国武将も登場し、

「よくまあ、こんだけ突っ込んだなあ」

と我ながら呆れ果てるほどです。架空の物語でないと、これだけのてんこ盛り感は出なかったかと思います。

架空とはいえ、書いている事柄は史実に沿うようにして書いています。

例えば、小説の中に、

「連判状《れんばんじょう》」なるものが登場します。これは毛利家をモデルとしたものです。

戦国時代の大名というのは、その基盤が脆弱《ぜいじゃく》で、毛利《もうり》家も元就《もとなり》の時代はそうでした。毛利家と事実上の家臣たちは、名目上は対等な関係で、元就は家臣たちにも遠慮しなければならなかったわけです。

それを示すのが、連判状というもので、ちょうど寄せ書きのように、真ん中に円が書いてあり、その円に沿うようにして、元就ほか家臣たちが、ぐるりと名前を書いていくというものでした。出来上がりは、ちょうど「太陽の図」のようなものになります。これによって、「誰が一番上に書いてあるか」とか「誰が一番右側に書いてあるか」といった「エライ順」がなくなるというわけです。とはいえ、毛利家の連判状では、時計でいえば12時のところに元就の名前があり、一応エラそうではありますが。

実在の林半右衛門

また、同じく小説の中で、林半右衛門《はやしはんえもん》という猛将が籠《こも》る「詰めの城」というものが登場します。

これも、戦国当時の山城《やましろ》では普通の構造で、通常は山の麓《ふもと》の居館に住んでいるのですが、いざ籠城《ろうじょう》戦というときには、山頂に築いた詰めの城に籠《こも》るというわけです。ちなみに、『忍びの国』取材話の際に少し登場した霧山城《きりやまじょう》もこの構造を取っていました。

林半右衛門と、敵方の武将、花房喜兵衛《はなぶさきへえ》が敵味方に分かれているにもかかわらず、友情のようなもので結ばれていますが、これも戦国時代にはよくあったこと。このような関係で、最も有名なエピソードの一つが、真田幸村《さなだゆきむら》に関してのものでしょう。『武辺咄聞書《ぶへんばなしききがき》』＊には、大坂冬の陣と夏の陣との間の和睦の時期にあったエピソードとしてこんな話が掲載されています。

当時、家康方に付いていた原隼人佐《はらはやとのすけ》という武将は、旧知であった大坂方の真田幸村の陣所《じんしょ》に遊びに行きます。和睦となれば、敵味方なく遊んだというわけです。

幸村は、隼人佐とさんざに呑んだのち、父・昌幸《まさゆき》からもらった鹿の角をあしらった兜《かぶと》を持ってきて、

「これは、次の合戦で被《かぶ》る兜だ。よう覚えておいてくれ」

と言います。幸村も隼人佐もいずれは夏の陣が始まるのを知っています。

――次に相見《あいまみ》えるのは戦場で。

と幸村は颯々《さつさつ》と宣言したわけです。次いで自慢の白川原毛《しらかわらげ》＊の馬を引いて来させて、

乗って見せまでしました。

——俺を見失うな。

ということでしょう。

そして再び興《きょう》を催し呑んだ、ということです。

先にも少し触れた登場人物の猛将・林半右衛門には、モデルとなる武将がいます。モデルも林半右衛門。実在の人物の名をそのまま取りました。

実在の半右衛門も、真田幸村と同じく大坂の陣に参戦しています。

またまた、冬の陣と夏の陣の間の和睦の時期になりますが、真田幸村の話と同じく『武辺咄聞書《ぶへんばなしききがき》』には、こんな話が記されています。

大坂方の武将に塙団右衛門《ばんだんえもん》という剛将がいました。和睦となったので、団右衛門が「塙団右衛門宿所」と大書した宿札を打ったところ、敵味方から客が大挙して押し寄せてきました。団右衛門は当時の有名人だったのです。この時もまた、敵味方で訪問し合った事実が浮かび上がります。

客に会うのに忙しくしていた団右衛門は、ふと気付きます。若年のころからの知り合いの林半右衛門が一向に姿を現しません。訪ねてきた男の一人に、

「林半右衛門が必ず訪ねてくると思ったが一向に来ない。どこの家中《かちゅう》にいるのだ」

と訊くと、池田利隆《いけだとしたか》の家中にいるとのこと。池田家は家康方に付いており、団右衛門にとって敵に当たります。しかし、というか当然というか団右衛門は意にも介さず、

「どうしているのか訊いてきてくれ」

と訪ねてきた男に頼みます。

半右衛門の宿所はすぐに見付かりました。男は半右衛門に会い、

「どういうわけで団右衛門を訪ねていかないのか」

と問います。すると半右衛門は、こう理由を話しました。

「俺と団右衛門は、若年のころから約束していたことがある。それは、いかほどの大名になろうとも自身で槍《やり》を持ち、太刀《たち》を振るって戦うことだ。それを団右衛門は先の戦でしなかった」

冬の陣でのこと。団右衛門は、とある夜討《ようう》ちで、自らは槍を振るわず、采配《さいはい》を振って手勢《てぜい》を指揮しました。世間はその夜討ちの手柄を賞賛しましたが、半右衛門はそうは思いませんでした。

「もったいつけたところが聞くも嫌じゃ」

と散々な言い様です。この半右衛門という男、最後まで一騎駆《いっきが》けの武者の心意気を忘れまいとしたのです。この実在の林半右衛門の心意気を僕は気に入り、そのような

男が、『小太郎の左腕』のドラマの中でどう動くか、と生み出したのが、架空の林半右衛門です。

＊武辺咄聞書―江戸前期の軍記物語で、戦国武将など、武士の逸話集。国枝清軒（藤兵衛）の著で、湯浅常山『常山紀談』の素材としても利用された。
＊白川原毛―馬の毛色の名。体が灰白色・黄白色で、たてがみ・下肢・ひづめが黒いものの川原毛の馬と呼ぶが、そのたてがみが白いものを指す。

火縄銃の射程距離

火縄銃取材へ

戦国時代に生きた鉄砲傭兵《ようへい》集団、雑賀衆《ざつかしゅう》＊が題材になっているので、大変面倒だったのですが、

「火縄銃《ひなわじゅう》を撃っているところぐらいは見なければなるまい」

と思い、火縄銃の取材に行きました。

「面倒」

というのも、火縄銃の構造は大変簡単なもので、書物で充分だからです。ごく大雑把に言えば、鉄の筒に火薬を入れて弾を入れて、火薬に火をつける、という程度のことなので、

「なるほど！」

と思えることなど、到底ありそうもないだろうというのが予想でした。そして、予想通り、「なるほど！」と驚愕するようなことはありませんでした。しかしながら、それでも多少のことは取材すれば出てくるものです。

千葉県のとある地域には、火縄銃の愛好家で結成した同好会のようなものがあります。その同好会が、射撃の練習をするというので、僕と編集の石川さんは、千葉のとある地域を訪れました。２００９年の2月ぐらいだったと思います。

駅に着くなり、

（寒！）

なんだか知りませんが、滅茶苦茶寒い。僕は寒いのが全然ダメなのと、前に書いた

ように収穫が少なそうな取材だったので、いきなり帰りたくなりました。

（さすがに帰るって言ったら石川さんも怒るだろーな）

編集の石川さんは『のぼうの城』の時からのお付き合いで、大変お世話になっている人です。その石川さんが、

「耳栓です」

と、銃声の物凄さまで気にして、そんなものまで用意してくれています。今さら引き返すことなどできません。しょうがないので、停められたタクシーに乗って、射撃場へと向かいました。

射撃場は山の麓《ふもと》にありました。タクシーを降りると、

（さらに寒！）

もう正直、取材などどうでもよくなりました。しかし、とりあえず終えねばなりません。のろのろと駐車場から射撃場へと重い足を引き摺《ず》っていきました。

（射撃場、室内にないかなー）

一縷《いちる》の望みを、「室内」に託して射撃場に入ると、思いっ切り「屋外《おくがい》」にあります。撃つところに屋根があり、的の辺りにもまた屋根がある程度。撃つ場所の後方に、クラブハウス的なものがありましたが、そんなところに入っては、実際、撃っていると

ころは分かりません。仕方がないので、撃っている人のやや後ろで見学することにしました。

「じゃあ、どうぞ」

という同好会の会長のような人が練習開始を宣言すると、会員の人たちが思い思いに弾を撃っていきます。


銃を手にした。逮捕か？


耳栓を外すと、射撃の音は、なかなかのものです。でも、想像以上のものではありません。銃口から火薬（玉薬《たまぐすり》といいます）を流し込み、その後に弾を入れて、棒で押し込む、という動作も書物で読んだ通り。少し、「おや」と思ったのは、火皿に盛る火薬（これは口薬）が、銃口から流し込んだ火薬とは粉末の細かさが異なるということ。

ちなみに、見れば一目瞭然《いちもくりょうぜん》なのですが、火縄銃から弾が飛び出す仕組みを少し書くと、
①引き金を引く

②火縄《ひなわ》が火皿《ひさら》に叩き付けられる
③火縄の火が火皿に盛った口薬に着火する
④その火が銃筒《じゅうとう》に開いた小さな孔《あな》を通って、玉薬に着火する
⑤玉薬の爆発で弾が飛び出す

というものです。小説でもこんな感じで書きましたが、何度書いても文字では分かりづらいものです。

この口薬と玉薬とでは、口薬の方が細かい。抹茶《まっちゃ》の粉のような感じです。また「おや？」と思ったのは、火皿に付いた火蓋《ひぶた》のことです。火皿に口薬を盛ったあとで、一度火蓋を閉じます。そしてすぐさま火蓋を切って、射撃します。普通に考えたら、一度、火蓋を閉じる必要はないようですが、後で訊くと火蓋を閉じることによって、山盛りになった余分な口薬を除いてしまうとのことでした。でないと、口薬の爆発は大きくなりすぎて火傷の危険があるとのこと。

（なるほどなあ）

と思いましたが、いずれもドラマを劇的に変えてしまうほどの情報ではありません。それどころか、取材を進めるとストーリー上、大問題となる事実が判明してしまいました。

的《まと》までの距離を訊いたときのことです。

「だいたい、五十メートルぐらいですね」

との返事が返ってきました。

（近！）

僕はちょっと不穏なものを感じました。

なにしろ、『小太郎の左腕』の主人公、雑賀小太郎は、現代でいうところのスナイパーの設定なのです。五十メートルでは、話になりません。

「最大でどのぐらい弾は飛ぶのでしょう」

と訊くと、「理論上、火薬を増やせば増やすほど飛びますが、弾は大きくカーブしていく」とのお返事でした。なので、有効射程距離としては百メートルぐらい、というのがどの書物にも書かれていることです。

（やばい）

と思って、後日、史料に片っ端から当たりました。火縄銃で敵を仕留めた記録のうち、その最大の距離のものを探したわけです。

その結果が、小説に書いた記録です。距離だけ書くと、僕の探す限り、最大射程距離は五百メートル程度でした。これなら「スナイパー感」はあるでしょう。

一頻《ひとしき》り練習が終わったところで、会員の方を一人つかまえて、話を伺いました。

「その前に持ってみますか？　これ」

と会員の方は言いながら、火縄銃を手渡してきます。

（やばいっ）

と思ったのは、このころ、とある芸能人が、免許もないのに猟銃《りょうじゅう》を番組中に手にして、銃刀法違反《じゅうとうほういはん》容疑で、テレビ局に捜査が入ったというニュースがあったからです。

（――受け取ったら捕まる）

驚愕する僕をよそに、会員の方は火縄銃をどんどん突きつけてきます。

「どうぞ」

「はい」

と僕は受け取ってしまいました。

（終わった。――逮捕だ）

火縄銃を手にしながら、呆然としていると、会員の方は僕の呆然を察したのか、

「大丈夫ですよ」

とのお言葉。

訊くと、火縄銃は「骨董品《こっとうひん》」に当たるため、大丈夫だとのことでした。なんだか締まりがありませんが、『小太郎の左腕』の取材咄はこれまで。

＊雑賀衆――紀伊国北西部の土豪らが結集した自治的な集団。応仁の乱以後、傭兵的な組織へと変容し、いち早く鉄砲を導入したことでも知られる。

戦国武将咄の章。

徳川家康

神君も実は近所のオッサン!?

家臣の直言にキレる

さて、小説の取材咄《ばなし》がいよいよネタ切れとなってしまいました。

現在できる咄としては、執筆中の村上水軍《むらかみすいぐん》＊のことになるのですが、小説に書こうとしていることと被《かぶ》ってはいけません。そういうわけで、これからは歴史上の人物についての僕の印象なんかを書いていきたいと思います。どこまで持つか分かりませんが、お付き合いください。

初回は、徳川家康《とくがわいえやす》。

歴史の授業で絶対出てくる人なので、どうしても、

「江戸幕府を開いた神君《しんくん》家康公」

のイメージが強かろうと思います。どんなことにも動じず、感情を表に出さない、いかにも政治家政治家したといった、面《つら》の皮がライダースジャケットぐらい厚いとい

った印象の。

でも、史料を読んでいると、もちろん「神君」的なエピソードも出てくるのですが、そうではない、もっと「生の人間家康」といった挿話《そうわ》がごろごろ出てきます。まずもって家康の家臣どもというのが、家康に対して言いたい放題。神君のイメージのかけらもありません。

「ひょっとして、この家臣どもは、家康のことを近所のおっさん程度にしか思っていないのでは」と思わせるほどです。

その家臣どもの言いたい放題の一例。

関ヶ原の合戦のとき、家康は、開戦当初「桃配山《ももくばりやま》」という主戦場から少々離れた後方に陣を敷いていました。すると本多正重《ほんだまさしげ》という家臣が、

「もう少し先へ旗を進めてはどうでしょう。これでは敵が遠すぎます」

と進言します。

何しろ天下分け目の大戦が始まったばかりのころです。どう転がるか家康も不安でなりません。カッとなります。

「口ばしの黄色いくせして、余計なことを言うな」

怒鳴りつけました。すると、この正重という男、上下関係というものをさっぱり理

解していないのか、家康の後ろに回って、

「口ばしが黄色くたって、遠いものは遠いのじゃ」

聞こえよがしに叫んだといいます。でも最終的には家康は陣を進めて、戦場のど真ん中に腰を据えました。

これが、家臣の諫《いさ》めに家康が思わずキレちゃった例。

この進言した方の本多正重、史料によると、

「以《もっ》ての外《ほか》に直言《ちょくげん》する人なり」

とあって、何でも思いっ切り言ってしまう人でした。

こんなことがありました。

まだ秀吉《ひでよし》が天下人《てんかびと》だったころのこと。京の伏見《ふしみ》で、家康が正重を伴って舞を見たことがありました。舞には「弁慶《べんけい》」が登場します。舞が終わった時、家康が、

「武蔵坊《むさしぼう》弁慶は世にも優れた男だなあ。今の世の中にはおらんな」

と余計なことを口走ります。

これに正重が食って掛からないはずがありません。

「いや、今の世の中には弁慶はいるけれども、義経《よしつね》のような主人はおりませんな」

と言ってのけました。今は、家臣が駄目なんじゃなくて、主人の方が駄目なんだと

言ったわけです。家康は無言でいるほかありませんでした。

後年は、正重の「以《もっ》ての外直言《ほかちょくげん》」も名物になっていたようです。

正重は、二代将軍秀忠《ひでただ》付きになります。すると、家康の耳に、

「正重が直言しなくなった」

との噂が入ってくるようになりました。そこで、正重に対面した際、

「どう思慮したのだ。身を謹《つつし》んで直言しなくなったと聞いたぞ」

と正重を小馬鹿にします。すると正重はこう言い放ちました。

「将軍様（秀忠のこと）は仕え良きお人ですからな。あのような人に直言するのは、頭がおかしいというものですわ」

家康よりも秀忠の方が、直言の必要もない、優れた主人だと言ったわけです。

「またこいつの持病《じびょう》が始まった」

家康も、もはやこの男には笑うしかありませんでした。

言いたい放題の家臣たち

こうして書くと、正重の個性が家康にいろいろ言わせているようですが、そうでは

ありません。いろんな家臣が様々、直言します。しかも、「……こんなやり方で」というような手法で。

その一例。

あるとき、家康は二代将軍秀忠に、人を介して（江戸と駿府《すんぷ》に別々で住んでいましたので）こんな話を伝えます。

家康が三河《みかわ》にいたころの話ですから随分前のことです。使っていた小者が、城の庭にいた鳥を盗ったということで、家康は怒り、この小者を牢《ろう》に閉じ込めたことがありました。

これを聞いたのが、鈴木《すずき》久三郎《きゅうざぶろう》という家臣です。何を思ったか、城の池に飛び込んで、鯉《こい》を掴《つか》み上げ、忽《たち》ち煮上げて食ってしまいます。織田信長《おだのぶなが》からもらった酒も、「オレがもらったものだ！」と豪語して、ぐいぐい呑んでしまうなど無茶苦茶します。

当然、家康は烈火《れっか》のごとく怒ります。薙刀《なぎなた》を手にして、久三郎を呼びつけました。すぐにでも斬ってしまおうというつもりです。

するとと久三郎は、

「魚ごときを人に替えて、天下が取れるか」

と吠えたといいます。

これが、久三郎の直言の手法でした。

久三郎は、先の小者を鳥を盗った程度のことで捕縛《ほばく》した、家康の器量の小ささに怒っていたのです。僕などは、「単に言えばいいじゃねーか」と思ったものですが、この時代にはこんなやり方が効いたのかもしれません。

この時の家康は、正重に対するのとは違い、ちゃんとしていました。直ちに小者を釈放し、久三郎に向かってお礼まで言っています。

ほかにもいくつかありましたが、紙幅《しふく》が尽きてしまいました。

こんなふうに、家康の家臣たちは、主人に対して大いに物を言い、家康も大人な態度で応ずることもありましたが、我慢できなければキレました。

こうして考えると、家康の家臣団《かしんだん》はどことなく家族的な雰囲気を持っていて、家康自身もまた、物を言い易い空気を醸《かも》していたのではないかと思います。

家康はよくこんなことを言いました。

「武功も直言もいずれも同じ功だ。しかし、武功は立てれば褒められるが、直言は多くの場合、主人に殺される。その殺されるのを覚悟して直言するのだから、直言こそが、一番の功名《こうみょう》である」

と。なんだか、随分「偉人」風で嫌ですが、家康のこんなところが天下を取らせたのでしょう。

＊村上水軍─海賊衆と呼ばれた、瀬戸内海を活動舞台とする水軍組織であり、在地武士団。能島・来島・因島の三家に分かれ、三島村上水軍と総称。

なぜ家康は「作り馬鹿」と呼ばれたか

勇者大好きの家康

家臣らに、手厳しい助言をされながら、時には怒り、時には納得の家康でした。主人に対して恐れず助言してくれる家臣を大事にした家康は、人材集めにも、大いに腐心しています。

そんな一例。

家康が武田信玄《たけだしんげん》と戦したときのこと、広瀬景房《ひろせかげふさ》という信玄の家臣が、豪胆にも家康の陣近くに迫り、真一文字《まいちもんじ》に横切っていったことがありました。

「広瀬景房ナリ」

と家康の旗本《はたもと》が言ったといいますから、名の知れた男だったのでしょう。家康の旗本たちは鉄砲を構えて、広瀬を撃ち殺そうとします。すると、家康は、

「よせ」

と命じました。

「ああいう剛勇の士はあえて討ち取らないものだ。信玄の領《りょう》する甲州《こうしゅう》を滅ぼしたなら、我が家へ来させる」

と手出しさせませんでした。後年、武田家が滅びた際、家康の言った通り、広瀬は家康の家臣になりました。

家康は一般に、奸悪《かんあく》なイメージがつきまといますが、こんなふうに、単純な勇者を好んだエピソードが結構あります。家康もまた戦国の男だったわけです。

関ヶ原のとき、敗走した石田三成《いしだみつなり》の家臣に、小幡助六《こはたすけろく》という者がいました。助六は敗走する三成に従って逃げていましたが、ふとした拍子にはぐれてしまいます。三成を求めて山中を探し回りましたが、土地の農民に捕まってしまい、家康方へと身柄を

渡されてしまいます。それを聞いた家康は早速、助六を呼び寄せました。三成の行方を尋ねるためです。

助六は三成の行方を問われるや、

「わしは三成の譜代《ふだい》の侍だから、三成の居所をよく知っている」

と言い出します。もちろん全然知りません。はぐれてしまったのですから。

助六は続けて、

「骨肉を砕《くだ》かれようとも白状はせん。試しに拷問《ごうもん》してみろ」

と言い放ちます。

見事な言いっぷりです。家康の勇者好みはここで大いに刺激されました。しかし一方で、たちどころに助六の嘘を見破ってもいます。

「お前は三成の行方を知らないな」

家康は言うと、

「行方を知っていたならば、お前のような男は三成の行く末を見届けるはずだ。万が一、知っていたとしても絶対に言わないだろう」

と助六を解き放ってしまいます。

助六はその場を去りましたが、近くの寺に入り、そこで自刃してしまいました。

「惜しい男をなくした」

助六の自刃を聞いた家康は大いに残念がったといいます。家康は助六もまた家臣の列に加えたいと思っていたのでした。

そんな人材好みの家康が、豊臣秀吉に言った有名な名文句があります。僕は大好きなので、これをちょっと書いておきます。

秀吉の天下のころ、秀吉が家康を呼んで自分の集めた名物の宝物を自慢します。

「天下の宝と呼ばれるものはすべて集めた。ところで家康殿の秘蔵《ひぞう》の宝は何ぞ」

と問い掛ける秀吉に、家康は、

「そんなものはござりませぬ」

と答えました。そして「ただし」と続けて言った言葉が名文句となりました。

「それがしを至極《しごく》大切に思い、火の中、水の中へも飛び入り、命を塵芥《ちりあくた》*とも思わぬ侍を五百騎ほど所持しております。この五百騎を召し連れれば、日本六十余州に恐ろしき敵などござりませぬゆえ、これを宝と思っております」

こんな家臣を持った家康ですから、老年のころには、武人としての名が上がりに上がります。なにしろ、敗れたとはいえ武田信玄に戦いを挑み、秀吉にはまがりなりにも勝利しているのです。若い武将にとっては憧れ以上のものがありました。そうなると、家康の一挙一動《いっきょいちどう》が、「深読み」の対象となります。

家康の行動をみんな深読み

秀吉の北条攻めのときの話。家康は谷川に沿って、小田原へと向かっていました。途中、その谷川を渡らなくてはならなくなりましたが、川には細い橋しか架かっていません。

ここで、「どうするのだろう」と馬上の家康を見ていた武将たちがいます。山の中腹を進軍していた丹羽長重《にわながしげ》や堀秀政《ほりひでまさ》など、若い武将たちです。

「家康公は隠れなき馬上の上手なり」

と興味深々で山の中腹から谷底の川を見下ろしていると、馬上の侍たちはいずれも馬を降りて、馬を引きつつ川に入り、渡っていきます。

そして、いよいよ家康が川を渡る番になりました。

「細橋《ほそばし》を渡すのをみよ」

と、若き武将たちが、身を乗り出すように凝視《ぎょうし》していると、家康は驚愕の行動を取りました。

馬を降りて小者に手綱《たづな》を手渡すと、自分は足軽《あしがる》に背負われて、川を渡っていったのです。

「さすがは家康公」

若い武将たちは、すっかり感心してしまいます。「あれほどの馬上の巧者は、危うきことはせぬものよ」などと大いに深読みしてくれます。

家康にすれば、単に危ない橋は渡らない程度のことだったかと思います。しかし、家康の名はそんな行動も、「さすがは」と言わせてしまう威力がありました。僕もそんな威力を持って、どんどん深読みしてもらえる身分になりたいと常々思っていますが、果たせないままでいます。

家康はこんなふうに、戦に役立つという「実用」には大いに関心があるものの、他のことには全然関心がない男のようでした。

健康には気遣うものの、体型には無頓着《むとんちゃく》でした。余りの腹の出ように着物の帯も自

深読み狙いでモヒカン頭にしてみるか…
…いや、キケンだ

分では結べず、大小便も人が手伝わないとできなかったという話もあるほどです。舞もまたそんな体型なので、とても見ていられないものであったともいいます。

ただし、世の人はこれを「作《つく》り馬鹿《ばか》」と呼んでいました。わざとやっているのだと評したわけです。史料にあるのはここまでで、家康が本当にわざと作ってそんなことをしていたのかは分かりません。ただ、僕には、家康が普通にやったりできなかったりしたことが、例の深読みによって、「馬鹿を演じているのだ」と言わせているような気がしてなりません。一つ秀《ひい》でていることがあると、他人はこんなふうにも持ち上げてくれるのかとうらやましい限りです。

＊塵芥――ごみ、取るに足らない値打ちのないもの。戦国武将伊達家の家法『塵芥集』に見られるように、「多数のもの」を意味する場合もある。

豊臣秀吉

大口叩きの暴走っぷり

すんげえ大口を叩く秀吉

ご存じ、豊臣秀吉《とよとみひでよし》の咄《はなし》。

たまに、叩き上げの会社経営者など立身出世したと思っている人たちの苦労話＝自慢話を聞かされることがありますが、なかなかうんざりさせられるものです。それは、そもそも立身出世のスケールが小さかったりとか、出世した分野が全然関心がなかったりするせいもあるでしょう。しかし、この人の自慢話には、誰一人として文句は付けられません。なにしろ、「天下人《てんかびと》」ですから。

史料を読むと、天下を取ってからの秀吉の大口の叩きっぷりは、もう気持ちが良いほどです。それでも、天下を取るまでの秀吉の口の聞き方は、実に手堅いものがあります。まずはそこから。

秀吉が、まだ信長《のぶなが》に奉公したての時で、３００石ほどの身上《しんじょう》だったころ、朋輩《ほうばい》たちと将来の夢について語り合いました。

「俺は大国《たいこく》の主になる」

と言う者もいれば、

「俺は天下を取る」

と言う者もいる中で、後の天下人たる秀吉が言ったのは、

「600石の身上になりたい」

ということでした。

朋輩たちが、秀吉の望みの小さいことを笑うと、秀吉は、

「お前たちは所詮は叶わぬことを語っている。俺のは叶う望みだ。だからこそ、日々の仕事にも励むことができるのだ」

と、なにやら良いことを言います。

夢みたいなことを語って、不思議とそれを実現する人も世の中にはいるので、秀吉のこの考え方を一概に良しとすることはできませんが、秀吉という人は、若いころは一歩一歩階段を登るといった考え方を持っていたのだと分かります。

僕のように、「僕が寝ているうちに、小人たちが小説を書いていてくれますように……」と夢を見ているのとは大違いだと思わず感心してしまうほどです。

そんな秀吉も出世するにつれて、徐々に変わり始めます。

織田信長が本能寺《ほんのうじ》で明智光秀《あけちみつひで》に討たれて、その弔《とむら》い合戦（山崎合戦《やまざきのかっせん》）に向かう途中での話。川を渡っていると、仏の木像が流れてきました。

木像を拾った家臣に秀吉が、「何の仏だ」と聞くと、「大黒天《だいこくてん》＊にござりまする」と家臣は答えます。

聞くや、秀吉は木像を取り上げ、鞍《くら》に押し当てると短刀《たんとう》を抜いて、二つに斬り割ってしまいました。理由は、

「大黒天は千人を育《はぐく》む仏だ。むしろ縁起《えんぎ》が悪い」

というものでした。

「俺の望みは千人を育む程度のことではない」ということなのでしょう。

こうして、秀吉はだんだんと大きな口を聞くようになっていったのでした。

そんな秀吉が、天下を取ると、もう言いたい放題です。聞いている方も、「おっしゃる通りです」と言うほかありません。なにしろ、戦国武者の第一の夢、「天下人《てんかびと》」を実現した男なのですから。

天下取って大口の極致へ

以下の話は『名将言行録《めいしょうげんこうろく》』＊や『常山紀談《じょうざんきだん》』にある話で、様々な小説の中で引用されていますが、大口の叩きっぷりが爽快なので、書いておきます。

秀吉が、関東征伐《せいばつ》を終えて、奥州《おうしゅう》征伐に向かっている際のことです。奥州は短期間で平定されるので、天下は秀吉のものになったも同然の時期です。そんな秀吉が宇都宮で宿泊した際、宿所に佐野天徳寺《さのてんとくじ》という武将を呼んで夜話《よばなし》をします。天徳寺は、武田信玄《たけだしんげん》や上杉謙信《うえすぎけんしん》と面識のある男です。ちなみにこの時すでに、信玄も謙信もこの世にはいません。

秀吉は天徳寺にこう豪語します。

「おい、天徳寺。信玄も謙信もさっさと死んで良かったな。今まで生きていたなら、俺の乗り物の先に立てて露払いをさせ、朱の傘を差しかけさせて上洛《じょうらく》の供にさせたものを。早く死んで幸せ者よ」

と言い、果てはこうまで二人を罵《ののし》ります。

「何が車懸《くるまかが》り、座備《くらそな》えだ。皆たわ言よ」

車懸りは謙信が、座備えは信玄が、それぞれ使ったとされる戦術あるいは陣立《じんだ》てです。天下の兵を率いての合戦に臨む秀吉にとっては、謙信、信玄の芸の細かい戦など笑止に思ったのでしょう。

さらに、奥州を平定して京都へと帰る際には、秀吉の大口も最高潮に達します。鎌倉を通った際、秀吉は鶴岡八幡宮《つるがおかはちまんぐう》に立ち寄ります。鶴岡八幡宮には、源頼朝《みなもとのよりとも》の木像がありました。

秀吉は木像を目にするや、その背をほたほたと叩きながら、こう大口を叩きます。

「俺とお前はお互い天下を取ったもの同士。つまりは天下友達だな」

無論、ここで話を終える秀吉ではありません。

「でもな」

と言うと、さらなる大口を叩きます。

「お前は高い身分から、天下を取った。だが俺は氏も系図もない身でありながら天下を取ったのだ。わしの功はお前に勝っているのだぞ」

のちに秀吉は、「わしは頼朝の百倍の功がある」とも言い放っています。当時、秀吉にしか言えない言葉です。誰も文句は言えませんでした。

こういった度外れた自画自賛は、秀吉の人徳というか、陽気な感じがして嫌味な印象を僕は受けません。当時の人にとっても秀吉は、陽気で温かな人物、といった印象のようでした。このような印象を、史料の上からでも容易に持たせてくれる人物は秀吉をおいてほかにはいないと言っていいでしょう。

　このエッセイを書くに当たって、あと一つ秀吉の大言壮語《たいげんそうご》を念頭においていたのですが、史料がどこかに行ってしまいました。何かの拍子に見つけたらどこかで書きますが、こんな概要です。

　家臣か誰かが、とある仏様だか神様の話をします。すると秀吉は、

「あいつか」

　と言ってせせら笑うと、こう大口を叩きます。

「あんなものなど、俺のキンタマの垢《あか》ほどの値打ちもないわ」

　もう天下取っちゃうと、こんな風に暴走してしまうものなんでしょうか。でも、こんな喩《たと》え方など、いかにも秀吉らしくて僕は好きです。

＊大黒天—中国では仏教の守護神だったが、日本に伝わり、神話に登場する大国主命と混同され、民間信仰における福の神・七福神の一人とされた。
＊『名将言行録』—戦国武将から江戸時代の大名まで192名の武士の逸話を収録した戦国逸話集。幕末の館林藩士岡谷繁実が明治初期にかけて編纂した。

ここ一番で捨て身になれる男

偉い！　捨て身の秀吉

再度、豊臣秀吉の咄。

前回、秀吉のすんごい大口の叩きっぷりについて書きましたが、今回は、

「なるほど、秀吉も男である」

と思わず納得してしまう、ちゃんとしたお咄をしていきたいと思います。

秀吉は、身体も小さく、非力でもあったようで、一人の戦闘者としては大したことはありませんでした。

しかし、秀吉はここ一番で捨て身になれる男でした。捨て身もなにも、信長に仕えたころの秀吉は、捨てるものといえば命ぐらいしかなかったのでしょうが、命惜しさに逃げる男ではなかったのです。そしてこのことが、秀吉をして天下を取らせることになりました。

その秀吉の捨て身咄の一つ。

この話は、もう無数の秀吉小説で描かれているお話ですが、避けては通れないので、書いておきます。

『名将言行録《めいしょうげんこうろく》』等にある話。秀吉がまだ信長の家臣《かしん》だったころ、信長が越前（現在の福井県）の朝倉義景《あさくらよしかげ》の支城、金ケ崎城《かねがさきじょう》を攻めたことがありました。この以前、信長は、妹・お市《いち》を嫁にやった近江《おうみ》（現在の滋賀県）北部を領する浅井長政《あさいながまさ》に「朝倉義景とは戦しない」と約束していました。このため、長政は怒って信長の軍勢と一戦することに決し、近江を出発します。

（前後に敵を引き受けることになる）

そう見て取った信長は、殿軍《しんがり》を残して戦線を離脱することに決します。殿軍は、「尻払い《しっぱらい》」ともいい、軍勢が逃げる際に、後ろから襲い掛かる敵を押し留《とど》め、あるいは撃退する最後尾の軍のこと。味方を逃がすための犠牲となるのが普通でした。

「誰か殿軍を願い出る者はおらんか」

と信長が問うと、

——いずれも返事なし。

と言いますから、願い出れば絶対死ぬ、といった見通しの殿軍だったのでしょう。

そこで名乗り出たのが秀吉でした。

「今度は大事の後殿なり。某《それがし》に仰せ付けられ賜《たまわ》るべき由望み申す」

と言い切りました。

「信長大いに感じ、秀吉に命ず」

と『名将言行録』にもありますから、名乗り出た時点で、信長も感動モノだったのでしょう。

秀吉は、この殿軍《しんがり》を見事務め上げ、自身も命を拾って信長の元へと帰り着きました。

「金ケ崎退き口《かねがさきののくち》」

と呼ばれる史実がこれですが、秀吉がこの時名乗り出ていなければ、後の秀吉の人生はよほど違ったものになっていたと思います。

信長の家臣時代、再び「捨て身」と言っていいような行動に出ます。

秀吉が中国地方を領する毛利《もうり》氏を攻めていた時のこと、摂津《せっつ》(現在の大阪府の一部)有岡城《ありおかじょう》にいた荒木村重《あらきむらしげ》という武将が、信長を裏切ります。

秀吉は、村重の裏切りを知ると、大胆にも有岡城へと赴き、村重に面会を求めてこれを諭《さと》そうと試みます。

すでに裏切っている村重ですから、下手をすれば殺されるかもしれません。そして事実、荒木の家中でそういう案が出ました。

村重は秀吉の説得には応じず、それでも秀吉と食事を共にしました。そして、村重が自ら酒の肴《さかな》を取りに部屋を出た際、村重の家臣の河原林治冬という男が、

「秀吉めを殺してしまいましょう」

と進言しました。

村重はここはできた男で、河原林の進言を退けました。が、どういうわけか、

「秀吉よ。お前を殺すとの進言があった」

と、秀吉自身に伝えてしまいます。秀吉を暗に脅《おびや》かそうとしたのか、正直にあらいざらい言ってしまおうと思ったのかは分かりません。ともかくも村重は秀吉にそう伝えました。

ここで秀吉は捨て身の行動に出ます。

「壮士なり」

と叫ぶや、自分の殺害を進言した河原林を目の前に連れてくるよう求めます。

村重が求めに応じて河原林を連れてくると、秀吉は酒を河原林に与えて自らの脇差を与えます。

——殺せるものなら殺してみろ。

と暗に言ったも同然です。

「差し替えもなく、どうするつもりだ」

と驚いた村重が秀吉に訊いたといいますから、秀吉は寸鉄《すんてつ》も帯びない無腰《むごし》となったのでしょう。

すると秀吉は、「この秀吉は刃一つを以《も》って信長公に仕えているのではない。信長公もまたそう思っておられる」

と言い放ち、強引に脇差を与えてしまいます。

この秀吉の勇気に、荒木家の家臣は気を呑まれ、誰も手出しする者はありませんでした。

説得には失敗したものの、秀吉は武将としての心意気を荒木家中に捨て身で示したのでした。

信長の家臣時代の捨て身エピソードは、秀吉の勇気が横溢《おういつ》していて、「すげえ」と唸《うな》らざるを得ません。

でも、天下を取る寸前になると、いつものの悪いクセが顔を出してきます。

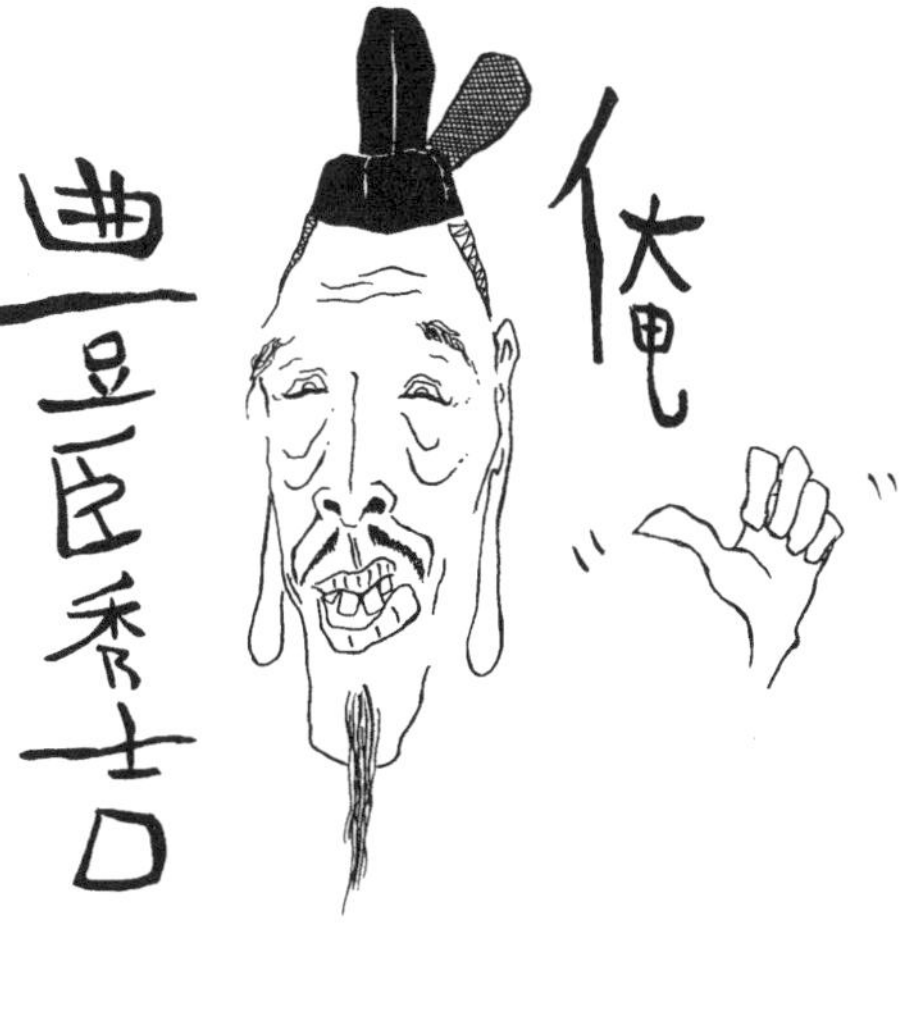

天下取っても捨て身だが…

九州攻めで島津義久《しまづよしひさ》を降伏させた際、秀吉は、家臣たちを従えて、義久と対面しました。秀吉が見れば、義久は刀を持たずに神妙にしています。当然でしょう。降伏したのですから。

すると秀吉はここで、若いころやったアレをやります。

「刀がないではないか。これを差せ」

と言うと、自らの脇差を鞘《さや》ぐるみ腰から抜き取り、義久に与えようとしました。しかしその与え方が奇妙です。

「脇差のコジリを手に持って賜《たまわ》りたり」

と言いますから、義久の方に刀を握る部分（刀の柄）を向けて脇差を与えたのでした。義久がその気になれば、目の前に差し出された刀の柄を握って鞘から抜き取り、秀吉を刺し貫くこともできます。

——殺せるものなら殺してみろ。

と秀吉はここでも暗に示したわけです。

義久にもその意は伝わりましたが、何もすることはできませんでした。

ちなみに秀吉は、小田原征伐《おだわらせいばつ》で伊達政宗《だてまさむね》に対面した際にもこの種のことをしています。

当時の人は、この秀吉の行動を武勇と捉えて賞賛します。しかし、信長の家臣時代と、ほぼ天下人の時代とは環境が全然違います。島津義久のときにも大勢の大名たちが義久を囲んでいますし、伊達政宗のときにもそうです。

現代で喩《たと》えれば、エライ人が数人のボディガードに囲まれながら、暴漢に対して、
「ほれ。わしのこと殴ってみ？　殴ってみって？　でも殴ったらお前、シャレにならないぐらいボッコボコにされるけどね」

と言っているようなものです。

余り美しいものではありませんが、秀吉一流の洒落《しゃれ》っ気だったと僕は思っています。

織田信長

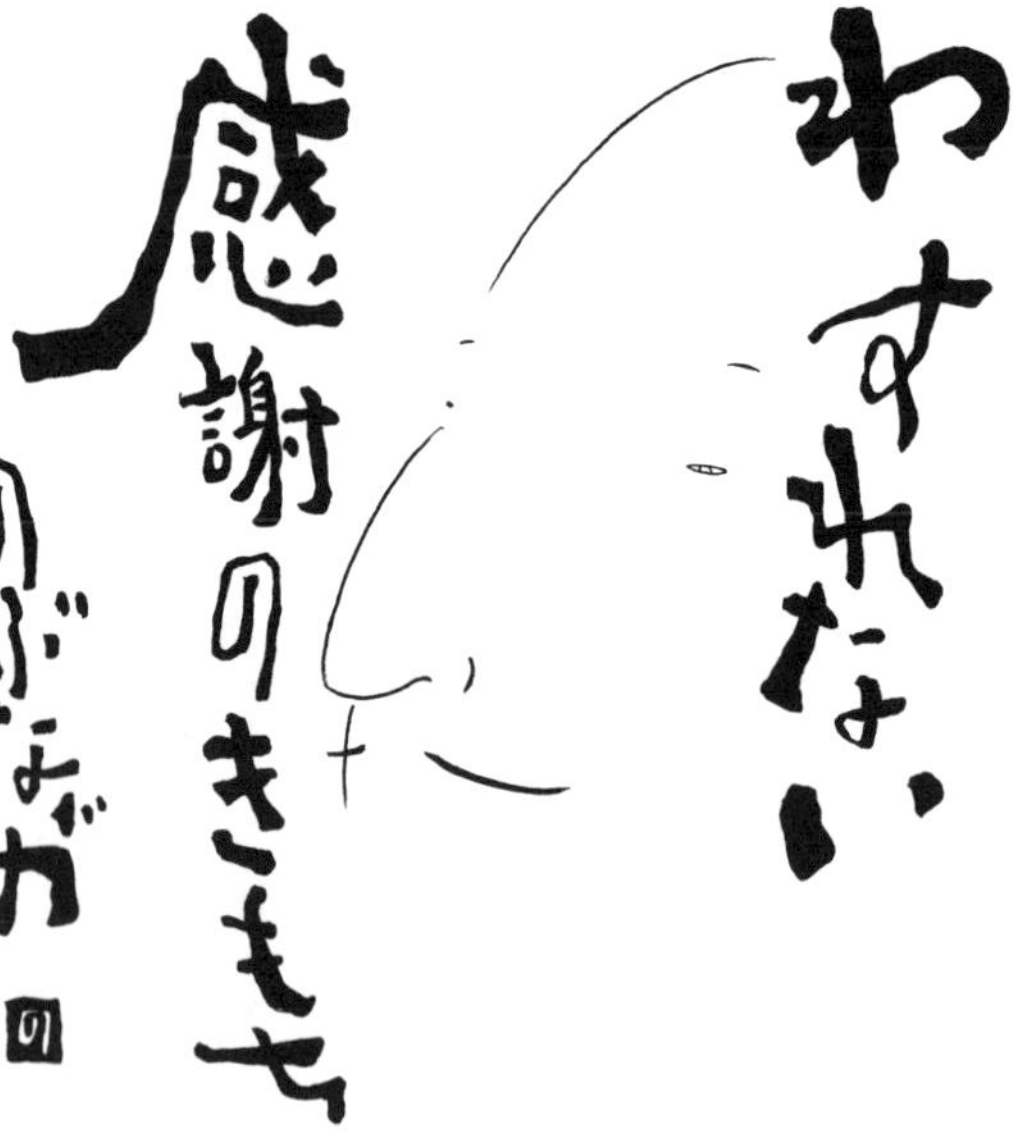

説教くさくて、神経質な奴

結構普通か？　織田信長

織田信長《おだのぶなが》の咄《はなし》。

もう何というか、戦国時代といえばこの人、というぐらいの男でしょう。あまりに戦国しているので、一種、狂人というか超人というか、凡人には到底理解できない男といった印象が強かろうと思います。

僕も、信長にはそんなイメージを抱いている者の一人です。でも、史料を読んでいると確かにそんなエピソードもごろごろと転がってはいるのですが、時々、

「あれ？」

と思ってしまうような「普通」なエピソードも発見してしまいます。そんなエピソードを集積していって、そこだけをクローズアップすると、

——もしかして、信長って結構普通なんじゃゃ……

とガッカリ感満載の信長像が出来上がるかもしれません。

そんな「普通」エピソードをいくつか。

信長の守役に平手政秀《ひらてまさひで》という男がいました。ご存じの通り、信長は小さいころから無茶する少年だったので、政秀はこれを諫《いさ》めるため自殺してしまいます。信長20歳の時のことです。

ここで、それを意にも介さず無茶していると信長っぽいのですが、歴史上の信長は、大いに反省します。この反省も信長っぽく派手に泣き叫ぶとかなら（そういう史料もありますが）それっぽいのですが、歴史上の信長は自ら蟄居《ちっきょ》したのち、「政秀寺《せいしゅうじ》」という寺まで建てて政秀を弔《とむら》います。忌日《いみび》にはきちんとお参りに行ったそうです。

（なんか結構イイ奴）

僕などはその普通ぶりに少々落胆したものです。

後に信長は、政秀についてこんなことも言いました。

信長が畿内《きない》を押さえて、ほとんど天下を取ったも同然になっていたころ、信長の近《きん》臣《しん》たちが、

「信長公がこんなに強大になることも見通せないで平手政秀が自害したのは、短慮でございましたなあ」

と笑いました。

するとと信長は怒ってこう言います。

「わしがいまの地位にあるのは、平手が諫めて死んだのを肝に銘じて、悔い改めたからだ」

（悔い改めちゃうのか信長――）

史料を読んだ僕は、信長の真面目さに、さらにがっかりしたものです。

ちなみに信長は鷹野《たかの》に出た際、いきなり獲物の鳥を引き裂いて、「政秀、これを食せ！」と宙へと放り投げたことが何度かあったそうです。このエピソードは信長っぽくて僕は好きですが。

信長は必ずしも独断即決の男でもなかったようです。

具体例はありませんが、常に諸将を集めて謀《はかりごと》を問うて、いい策があると、

「俺が思うところはそれだ！」

と言って実行に移したといいます。

なんだか、「ホントにそう思ってたのか？」と言いたくなるほどズルいエピソードで、信長の人物を小さくしている感じです。

信長っぽくない説教くさい信長

こんなのもあります。

「武田信玄《たけだしんげん》の法度《はっと》を毎日の様に（家臣に）聞かせた」

（武田信玄重んじちゃうのか、信長）

と僕。信長は何者も尊敬しない男であってほしいものです。

こんなことも言っています。

「嗜《たしな》みの武辺《ぶへん》は、生まれながらの武辺に勝れり」

生まれつき強い人は力量に驕《おご》って鍛錬《たんれん》を怠るが、鍛錬を積む者はもともと弱いことを知っているから生来の強者より強い、という程度の意味でしょうか。

（説教くさいことを信長が言うんじゃねえ）

と、さらに僕。信長には生悟《なまさと》りのようなことを言ってほしくないものです。

だんだん腹が立ってきました。どうやら僕も相当信長が好きなのだと気付きました。

説教くさいといえばこんな話も。

信長が長男の信忠《のぶただ》（本能寺の変で信長とともに死んでしまう人）について、

「あいつの武将としての器量はどんなものだ」

と家臣に問うたことがあります。すると家臣は、

「結構なご器量でございます。信忠様は、来客が馬が欲しいと思っていれば、それを悟って馬を与え、武具が欲しいと思っていれば、武具を与えますので」

ズバリと相手の意を悟る信忠の器量を褒めます。

すると信長は、「それは不器用というものだ。敵の待ち構えている所に軍勢を出す者がいるるか。意表を突くのが器量者というものだ」

と説教を垂れます。

（もっともらしいこと言うなあ）

と僕。なんだか信長らしくありません。むしろ家康が言った方が似合う台詞《せりふ》です。

信長は家臣たちに対する言葉にも結構、気を回しています。

信長が信濃国《しなののくに》（現在の長野県）高遠城《たかとおじょう》を落とした際、山口小辦《やまぐちこべん》と佐々清蔵《さっさせいぞう》という、ともに16歳の少年が武功を上げたことがありました。

信長は小辦に対しては、

「この度、高遠城での働き希代の至りだ。大いに満足だ」

と言葉を掛けて、腰の物と感状を与えます。

ちなみに感状というのは、武功を挙げたことの証明書で、他家で雇われる場合の履

歴書代わりになるものです。

一方、清蔵に対しては、

「高遠城では骨折りの働きをしたそうだな。但しお前は手柄を立てるはずだ。大剛《たいごう》の内蔵助《くらのすけ》の甥《おい》なのだからな」

と言って、これも腰の物と感状を与えます。

史料では、

「小辮は身分の低い者の子供なので、その功名は真に希代で、清蔵は伯父《おじ》内蔵助の名まで上げた賞賛の言葉だ」

とあって、文章の後半の意図が全然不明のまま、「信長は一言もいいかげんには発しなかったのはこの様であった」と締めくくっています。

この信長の言葉を良く取れば、卑賤《ひせん》の者でも手柄は手柄として認める合理主義者として認めることができます。そうだとすると、清蔵に対する言葉は、「伯父が強いのだから手柄を取って当たり前だ」ということになるのですが、その回りくどい言い方が全く信長らしくありません。ストレートに物を言わない信長は信長っぽくありません。

清蔵に対しては、

「ふん」

と鼻を鳴らして、腰の物と感状を放り投げるぐらいのことはしてもらいたいものです。

厳刑を処す判断基準

やっぱり怖い信長

引き続き織田信長の咄《はなし》。

信長の残虐《ざんぎゃく》さというか、異常人ぶりというのは、様々な小説などで述べられているところです。比叡山《ひえいざん》を焼き討ちにして、僧俗から女子供に至るまで虐殺したとか、長《なが》島《しま》一向一揆《いっこういっき》の門徒たちを、2万人以上も焼き殺したとか、越前《えちぜん》一向一揆の門徒《もんと》たちも2000人余りを打ち殺したとか、ちょっとでも信長についての本かテレビ番組を見

たことのある人は、

「ああ、何となく憶えてる」

と思い起こすことができるのではないでしょうか。

そんなわけなので、信長の軍勢による残虐さについては他の小説なりに任せて、このエッセイでの信長の第二回目では、信長の軍勢ではなく、信長個人の無茶ともいうべき厳しさと、そこに至った判断基準について書いていきたいと思います。

信長個人のことは、実際に戦国時代に信長に会ったポルトガル人宣教師《せんきょうし》ルイス・フロイス執筆による『日本史』が最も鮮やかにその実像を表しています。

この『日本史』は1977年に日本語版が刊行されていて、その後の信長像に結構な影響を与えました。僕も日本語版『日本史』を参考に個人としての信長を書いていきたいと思います。

『日本史』の信長についての記述のうち最も興味深いのが、信長の日常と風貌についてのところでしょう。いろんな小説で引用されていますが、ここでも書かざるを得ませんのでそうします。

同書によると、信長は、酒を呑まずに食も節していたといいます。さらには睡眠時間が短く、早起きでもありました。そのせいか、30代後半当時の体格で、華奢《きゃしゃ》な方だったということです。同書には「中ぐらいの背丈《せたけ》」とあって比較対象がよく分からないのですが、まあ、当時の日本人としては平均といったところなのでしょう。またささいなことですが、ヒゲも少ない方だったそうです。

そんな華奢で平均身長で、ヒゲの少ない信長でしたが、普段は僅《わず》かに憂鬱《ゆううつ》な表情を浮かべ続けて、そのくせ「はなはだ声は快調」だったそうで、相当、神経質でありながら、怒鳴る時には徹底的にうるさい男でもあったようです。そんな主人でしたので、家臣どもも相当ビクついていました。

信長が「退《の》け」と言わずにちょっと手で合図しただけで、「彼ら（家臣たち）は極めて凶暴な獅子《しし》の前から逃れるように、重なり合うようにしてただちに消え去りました」（前出『日本史』より）。また、信長が一人を呼んだだけでも、百人が抑揚のある声で返事したといいます。呼ばれて信長に言上《ごんじょう》する者は、地に頭を付けて言葉を発しなければならず、絶対に顔を見てはいけませんでした。

そんな言上の仕方なら、まずはご機嫌伺いの言葉も発したくなるものです。しかし信長はそれも許しません。信長はだらだらした前置きを嫌い、相対して話す場合も、無駄に長いのを大いに嫌いました。

何やらイメージ通り、最もトップダウンな経営者の印象です。この種の人は綺麗《きれい》好きが相場ですが、信長もまたその例に漏《も》れません。安土《あづち》の市の街路1里は一日2度清掃することが義務付けられていましたし、安土から京に至る14里の街道には、路《みち》沿いの樹木に箒《ほうき》が点々と立て掛けられていたそうです。

信長をいかに家臣たちが畏《おそ》れ敬ったかには、妙な事例があります。

信長が、根来《ねごろ》（現在の和歌山県岩出《いわで》市の辺り）を通った際、土地の僧たちが贈り物をします。すでにこの当時、信長の雷名《らいめい》は非常なものがあったので、根来の僧たちも、

「なるべく巨大な贈り物を」と考え、差し出したのが、餅の入った巨大な折詰《おりづめ》でした。折詰は三つあったといいますが、問題はここではありません。

馬上にいた信長は、その巨大な折詰を見て、

「奇特《きとく》の音信」

というなり小柄を抜くと、餅《もち》に突き立て家臣たちに向かって、どんどん放り投げました。すると家臣たちは、その餅に殺到《さっとう》して地べたから拾い食したといいます。中には馬糞《ばふん》の上に着地した餅もありましたが、家臣たちはそれにも構わず食うという有り

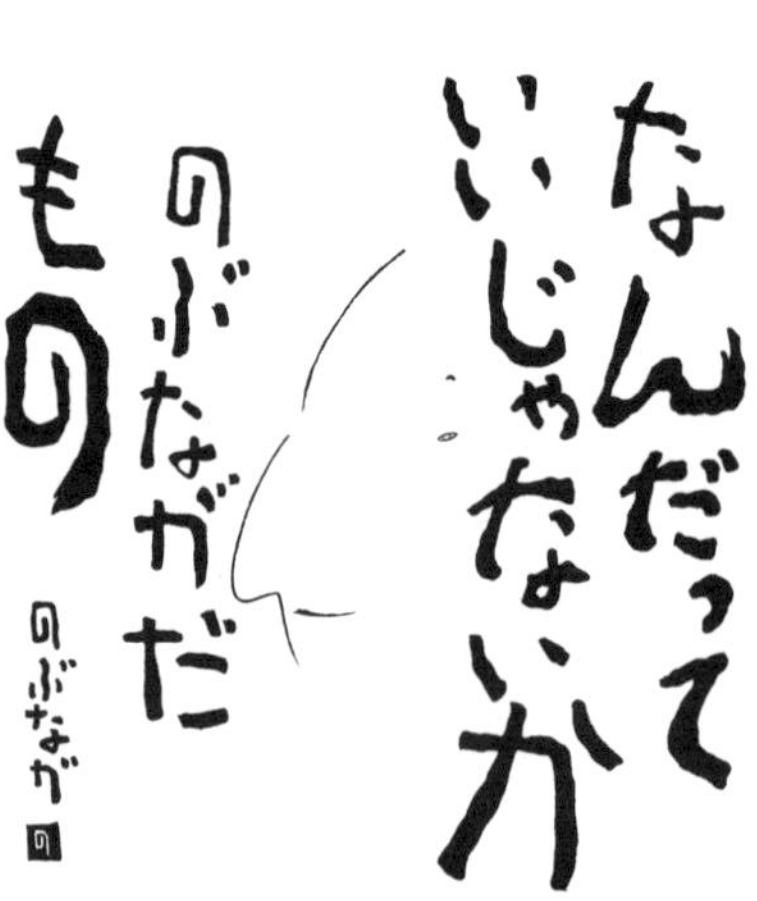

様でした。

根来の僧たちはそんな様子を目撃して眉《まゆ》をひそめるわけでもなく、

「なんと威厳《いげん》のある大将か」

と感心したといいますから、当時の威厳というのが、相当乱暴な調子で発揮させられていたのが分かるというものです。

信長個人がどんなモラルを持っていたかは、彼自らが処断した逸話から何となく想像できます。いくつか例を挙げます。

その一。信長の父、信秀《のぶひで》が重体に陥った際、信長は仏僧たちに命じて回復を祈禱《きとう》させました。仏僧たちも断れなかったのでしょう、祈禱をするだけで済ませればよかったのですが、よせばいいのに信長相手に病気回復を保証してしまいます。しかし、信秀は病死してしまいました。

「嘘をついたな」

信長は大いに怒り、仏僧を寺院に閉じ込め、

「おのれらの助命を祈禱してみるがよい」

と言い放って、このうち何人かを射殺しました。

その二。信長が足利義昭《あしかがよしあき》の将軍御所を造営していた時のこと。自ら現場監督をして

いた信長は、兵の一人が貴婦人の被衣《かつぎ》（顔を隠す布）を少し捲《まく》ったのを目撃します。信長は、一同の面前で、即座にその者の首を刎《は》ねました。

子供な信長

次はイイ話。

信長は、たびたび鷹野《たかの》に出て民衆から困ったことはないかと聞いて回ってもいました。そんな際、美濃《みの》と近江《おうみ》の国境に「猿」（秀吉ではありません）と呼ばれて里の者から差別を受けていた男に出会います。「猿」は街道に出ては食を旅人に乞うて生きていました。信長は2度目にこの「猿」に会った際、里の者たちを呼んで、積んできた木綿《もめん》20反《たん》を自ら馬から下ろすと、

「これで猿の面倒を見てやれ」

と命じます。

里の者はこの信長のやり方に大いに感動し木綿20反の半分で「猿」の家を建ててやり、残りの半分で、食を提供しました。ちなみに鷹野に出て困った民衆を助ける逸話は「猿」のことだけにとどまりません。

　こうして見ると、信長のモラルは、相当子供っぽいということが分かります。嘘を目撃すると沸々《ふつふつ》と怒りがわき、哀れな者を直に見ると哀憐《あいれん》の情がみるみる溢れ出てきました。そしてそれを発揮するのに子供のように過剰でした。家臣らに接する際、前置きを嫌うのも子供の我慢足らずなところと思われなくもありません。

　しかしながら、信長がそれだけの男ではないことは、武田信玄や上杉謙信に見せた狡猾《こうかつ》な交渉術で明らかなのですが。

上杉謙信

合戦上手のまるでアスリート

小男で足の悪い謙信

上杉謙信《うえすぎけんしん》の咄《はなし》。

無類の合戦上手、そして名将として、「越後《えちご》の竜」と敵に恐れられた謙信。その実態を探るため史料をざっと読み返してみました。たいてい武将のエピソードといえば、何か「ずっこけエピソード」みたいなものがあるのですが、この謙信については一向に見当たりません。その正義漢ぶりと情けの深さは、

「いやー、日本に生まれてよかったなあ」

としみじみと思わせるものがありますし、武将としての大胆さは、

「超人か」

と驚嘆せずにはいられません。謙信はまさに、戦国武将の鑑《かがみ》と言っていいほどの男でしょう。

まずは謙信の風貌と食生活から。

『武辺咄聞書《ぶへんばなしききがき》』には、謙信は小男で、左足に腫《は》れ物があって、絶えず左足を引き摺《ず》って歩いた、とあります。

「これで戦争できんのか」

と読んだ当時の僕は思ったものですが、この辺りが戦国時代の面白いところです。武将としての評価は、個人として腕力が強いとか、刀槍《かたなやり》の扱いがうまいということで定まるのではありません。たとえ非力であったとしても合戦の駆《か》け引《ひ》きが上手というだけで、豪腕《ごうわん》の荒武者たちがひれ伏すといった側面がありました。黒田官兵衛《くろだかんべえ》などはまさにこのタイプの武将でしたが、あるいは謙信もこういった武将だったのかもしれません。もっとも、謙信の史料には敵を、敵の持った鉄砲ごと、一刀で両断するといった「豪腕エピソード」も登場はするのですが。

前出の『武辺咄聞書』によると、謙信は戦場で甲冑《かっちゅう》を着ないことが多く、大抵は黒い胴服《どうふく》を着て戦に臨んだそうです。武将に付き物の采配を用いることもほとんどなく、三尺の青竹で下知《げじ》を発しました。いかにも軽々と戦場に出ては、勝ちを得る謙信らしい装いです。

謙信の酒好きはよく知られています。上杉景勝《うえすぎかげかつ》やら直江兼続《なおえかねつぐ》らを相手によく呑みました。肴《さかな》はいつも梅干だったそうです。こんなしょっぱいものばかりで大酒を呑んでいたのですから、さぞかし血圧も高かったことでしょう。このせいでしょうか、謙信は織田信長といよいよ本格的に決戦する直前という絶妙のタイミングで厠《かわや》で昏倒《こんとう》し、その4日後に死んでしまいます。天正6（1578）年3月13日のことでした。

このタイミングが、「謙信は、信長の発した忍びの者に暗殺された」などの異説を生むことになりました。ちなみに僕は、こんな異説は全然面白くないと思いますし、事実も単に脳溢血《のういっけつ》だったのだろうと考えています。

少年漫画な謙信

謙信の正義漢ぶりは好敵手、武田信玄との間の逸話で輝きを発します。その一つが、

「敵に塩を送る」

という喩《たと》えの元ネタともなった謙信の振る舞いです。知っている人も多いと思いますが、そうでない人のために一応、概要を書いておきます。

当時、武田信玄と敵対していた北条家と今川家は、海のない国々を領土としていた信玄の領国に対して塩を売ることを禁じてしまいます。これを聞いた謙信は、敵であ

るところの信玄に自国越後の塩を送りました。『名将言行録《めいしょうげんこうろく》』などにある話です。

胸がすくような思いがするのは、謙信が北条《ほうじょう》家と今川《いまがわ》家による「塩止め策」を聞いたとき信玄に送った書状の言葉です。

謙信は、塩止めの事実を知ったと書状で述べた後、

「近頃卑怯《ひきょう》の挙動と存じ候《そうろう》」

と怒りを込めて、今川家と北条家の振る舞いを非難します。次いで、

「自分は勝敗を戦いの上で決しようと考えている」

すなわち、塩によって信玄との勝負を決するつもりはない、と述べ、

「塩の儀は何程にても某《それがし》が領国より相送るべし」

と好敵手に対して最大の義侠心《ぎきょうしん》で報いました。戦国武将のカッコ良さ、ここに極まれりという感じです。

謙信の義侠心は細部にまで行き届いています。

「貴殿の国より手形を送ってもらえれば、入用次第に塩を送る。もし我が領国の商人が高値を申したなら、この謙信に言ってきてほしい。斯様《かよう》なことのないよう、商人どもにきつく申し伝える」

わざわざ、そんなことまで付け加えました。

信玄が病死した際にも、謙信はそのカッコ良さを発揮します。

謙信は、信玄の死が報告された際、湯漬《ゆづ》けを食っていました。謙信はその死を聞くや、持っていた箸《はし》を投げ捨てます。さらに湯漬けを「ぺっ！」と吐き出すと、こう言いました。

「さても残念なことだ。名大将を失ってしまった。英傑人傑《えいけつじんけつ》とは信玄ほどの男のことを言うのだ」

涙を流し、三日の間、音曲まで禁止しました。ほとんど少年漫画の世界です。謙信はそれを地で行く男でした。

信玄が死んだときの話にはさらに続きがあります。老臣たちが、

「信玄の死んだ虚に乗じて、信玄の領国信濃国（現在の長野県）に出陣すれば、信濃は殿のものにござる」

と出兵《しゅっぺい》を催促《さいそく》しました。しかし謙信は、

「若い勝頼《かつより》（信玄の息子）への代替わりを狙って出陣するなど、長じた者の振る舞いではないわ」

と言い、決して出陣しようとはしませんでした。

信玄の死から2年後にも似たようなことを謙信は言います。長篠合戦《ながしののかっせん》で武田勝頼

が織田信長に大敗を喫した際、老臣たちは勝頼、すなわち故信玄の領国に攻め入ろうと勧めます。

しかし謙信は、

「今、わしが出陣したならば、信濃国どころか武田家の本拠、甲斐国《かいのくに》（現在の山梨県）までをも手に入れることができるだろう。だが、人の落ち目を見て領国を攻め取るなど、俺の思いも寄らぬところだ」

と、老臣の提案を退けます。

司馬遼太郎《しばりょうたろう》は、「芸術家が芸術を好むように戦を好んだ」と謙信を評しています。海音寺潮五郎《かいおんじちょうごろう》もまた、同じように謙信を評しました。

僕は、謙信が戦をスポーツ競技のように考えていた男だと思えてなりません。しかもフェアプレイを大いに好む命懸けの競技者です。競技者であれば、見事なプレーを披露したいと思うのが常です。謙信もまたそんな男でした。これが謙信に途轍《とてつ》もない大胆なアクションを取らせます。

少年漫画の主人公のような神業

弾雨の中、茶を喫する

前回、謙信は「スポーツ感覚で戦していた」と書きましたが、謙信自身、戦をする目的に関してこう述べています。

「我は国を取るには構わず、後途《ごど》の勝ちをも構わず、掛かりたる一戦を返さぬを肝要《かんよう》とす」

戦の目的は国（領土）を拡大するためでもなく、後々になって敵を圧するのを目的とするのでもなく、今の一戦で軍勢を返さない（つまり退却しない）ことをただ一途に思っているというわけです。

——目の前の試合しか考えていない。

というセリフはスポーツ選手がしばしば口にする言葉ですが、謙信もまたそんな感覚で戦に臨んでいたのでした。

スポーツ選手であれば、あっと驚くプレーを観客の前で披露したくなるもの。謙信はこの競技の場で、ほとんど少年漫画の主人公ばりに振る舞います。

その一つ。

謙信が、北条家の小田原城《おだわらじょう》を攻めたときのこと。謙信は、小田原城のごく近くにまで家臣数人とともに馬を寄せます。そして次に取った行動が敵味方を驚嘆させました。

謙信は、弁当を開かせ、茶を立てさせ悠々と飯を食い始めたのでした。

これに飛び付かない敵はいません。

城の塀から鉄砲を10丁ばかり覗かせると、一斉に撃ち放ちました。

『名将言行録《めいしょうげんこうろく》』には、

「三十間程の距離で三度まで撃ち放った」

とあります。30間は、およそ54メートル。当時の火縄銃でも充分に狙える距離です。

同書には、

「謙信少しも騒がず長々と茶を三服まで喫《きっ》し悠閑無事《ゆうかんぶじ》の体《てい》」

とありますから、余裕の態度でいたわけです。弾丸は毛髪を磨くがごとく飛び過ぎていく（と同じ『名将言行録』にはこんな大げさな表現が用いられています）という状況の中でのことでした。

謙信はそれで大満足でしょうが、付き合わされる家臣どもはたまったもんじゃなかったでしょう。それでも、

「頭を俯《うつむ》くものなし」

といいますから、城に向かって昂然《こうぜん》と顔を上げていたわけです。

――城兵《じょうへい》これを見てその猛勇《もうゆう》を褒めざる者なかりけり。

同書は、このエピソードをこう締めくくっています。到底、現実の人間の所業とは思えません。しかし、謙信とはそういう男でした。

謙信は、「弾丸の前に身をさらす」という振る舞いを結構好んでいたようです。拙作『のぼうの城』の忍城にも、謙信は攻めてきたことがありますが、この際にもほぼ同じことをしています。10丁ばかり鉄砲を忍城方の兵は撃ち放ちますが、謙信に弾が当たることはありませんでした。詳しくは小説でどうぞ。

敵大軍の前を13騎で通過

謙信は、自分の命を永らえることにあまり頓着《とんちゃく》するような男ではありませんでした。物見《ものみ》（偵察）なども自分自身で行います。通常は心利いた家臣を偵察《ていさつ》に遣《や》るので

すが、謙信は2、3騎の家臣を連れて、軍勢から数十キロも先に行ったりしました。

とある戦の際、謙信の敵方の兵たちが、

「今日は良き斥候《せっこう》が出た」

と噂し合ったことがありました。後に聞けば、果たしてそれが謙信その人でした。偵察というのは、遠目に見てもその動きから、優秀か否かが分かるもののようです。

漫画的エピソードとしては、こんなのもあります。

謙信と対立していた北条家が、謙信と好《よしみ》を通じる佐野家の唐沢山城《からさわやまじょう》（栃木県）を攻めたことがありました。北条家は3万という大軍を催しています。佐野家は謙信に救援を要請しました。関東に駐留していた謙信は、ただちに援軍8千を率いて出立します。

謙信が城に向かう途中、

「落城が間近である」

との噂が次々に入ってきます。

謙信はここで決断しました。

「落城後に到着したとて仕方がない。わしが先に行って城に駆け入り、落城を防ぐ」

と言うのです。

謙信の軍勢8千には徒歩の者も交じっていますし、荷物も多いことですから、どうしても行軍が遅くなります。そこで謙信は、騎馬武者だけをまずは引き連れて唐沢山城に行くと決断したのでした。連れていくのは僅《わず》かに13騎といいますから、豪胆にもほどがあります。

読者の皆さんは、

「8千の軍勢自体が行かないと意味ないじゃないか」

とお思いかと思います。しかし軍隊の士気とはこういったもののようで、名将が城にいるというだけで城の士気が維持されるというのは往々にしてあったことでした。

「残りの8千は後から来い」

謙信は言い捨てるや、さっさと城に向かって馬を飛ばして行きます。

しかし、行く手には北条家3万の大軍が待っています。当然、謙信としては、城を攻める3万の軍を掻《か》い潜《くぐ》って城に入らなければなりません。

ここで歴史上、最も漫画的なことが起こります。

謙信はどう城に入ったか。

『武辺咄聞書』には、

「謙信は13騎で、3万の敵軍の前を真一文字に横切って静々《しずしず》と城に入った」

と驚くべきことが書いてあります。

例のごとく具足は着ないで木綿の胴服を着て、馬上で十文字槍を掻《か》い込み、悠々と敵の大軍の前を通って入城したのでした。

北条の大軍は、

「輝虎《てるとら》（当時の謙信の名）ナリ」

と驚き見るばかりで、誰も攻め掛けるものはありませんでした。謙信の勇姿は、3万の敵を圧倒したのです。現実の戦には、数式では割り切れない、このような側面もあったようです。

謙信はある時期、越後から関東へ攻め入っては、越後に帰るという作業を繰り返していました。年間70日ぐらい関東に駐留していたそうです。しかし、こんな武勇の男だったので、敵は城を閉じて出合わず、戦う者はおらず、ただひたすら謙信が越後に帰るのを待っているだけでした。

『名将言行録《めいしょうげんこうろく》』には、謙信が越後へ引き返したと分かった際の関東の武将たちの心地をこう記しています。

「ただ大夕立大雷鳴過ぎて後、雨晴れたる心地して喜びけるとぞ」

いかに謙信が関東の武将から恐れられたか分かる話です。

武田信玄

面倒くさがりで戦嫌い

お父さんは宇宙人

今度は、上杉謙信《うえすぎけんしん》のライバル、武田信玄《たけだしんげん》へと咄《はなし》を移します。

この信玄という男、江戸時代の人には人気がありません。というのも、この信玄、父親の信虎《のぶとら》を追放して所領の甲斐国《かいのくに》（現在の山梨県）を乗っ取り、後には、息子とも対立して、これを殺してしまっているからです。

江戸時代の刊行物『武将感状記《ぶしょうかんじょうき》』＊には、こんな記事が掲載されています。

ある老巧《ろうこう》の武士が、

「武田流の軍法を説く者が信玄めが楠木正成《くすのきまさしげ》よりも優れているなどと馬鹿なことを言う」

と、とある席で言い放ちます。徳川家康《とくがわいえやす》が採用したほどの軍法ですから、その方面だけは人気があったのですが、この老巧の武士は、これを苦々しく思っていたのでしよう。その武士は、信玄を否定する理由として、前出のことをまくし立てます。「義信《よしのぶ》（信玄の息子）は、凶悪《きょうあく》を企てて信玄を殺そうとした。昔から、父が義の人で、子が非義の人という例はあることだが、信玄の場合はちがう。義信は、父の信玄がその父（信虎《のぶとら》のこと）を放逐《ほうちく》したのに倣《なら》って歴史に醜名《しゅうめい》を残したのだ」

江戸期に入って武士本来の仕事である戦がなくなり、社会が安定すると、「忠義《ちゅうぎ》」であるとか「孝《こう》」であるとかの理屈が先行するようになります。このモラルがないと、再び下克上《げこくじょう》が横行して、戦国乱世へと逆戻りしてしまうからです。楠木正成《くすのきまさしげ》は、南北朝の騒乱期に後醍醐《ごだいご》天皇に忠誠を尽くした人ですが、こういう型の男が理想とされたわけです。

しかし、忠義や孝が最優先すべきモラルであるとされる社会は実に危険です。信玄の父親、信虎《のぶとら》という人は、絵像を見たことのある人ならご存じかと思いますが、「宇宙人」みたいな顔をした人です。この宇宙人がもう無茶苦茶な人で、

「胎児《たいじ》が見たい」

と突如言い出し、妊婦の腹を割《さ》いてこれを見たなどという話もあり、普通の人間では考えられないことをする人でした。こんな男ですから武田家中でも人気がなく、そんな信虎を疎《うと》む機運から信玄は父親を追放しました。

これが『武将感状記《ぶしょうかんじょうき》』の老巧の武士の言う通り、忠義や孝を最優先させて信虎をそのままにしていたらどうでしょう。妊婦の腹は割かれ続け、家臣らの離反《りはん》は相次ぎ、武田家は早々に崩壊していたでしょう。

江戸時代には、忠義を最優先する余り、こんな暴君でも見過ごしにしたという例が結構あります。主人の過失を言い立てるなど忠義に反するという理屈も成り立つからです。結果、陰惨《いんざん》な事件が放置されるという結果になりました。僕が江戸時代が何だか肌に合わないのは、こんな事情が一つにはあるからです。

さて信玄。

先ほどは、信玄を擁護《ようご》するようなことを言いましたが、僕は信玄という人物を余り好んではいません。何だかやることが巧緻《こうち》で、上杉謙信のように爽やかな印象を持てないからです。その点、謙信と信玄は対照的な人柄でありました。

つまらない男、信玄

ある時、信玄と謙信が和睦《わぼく》しようと、互いに兵を率いて大河を挟み、対面したことがありました。しかし、和睦というのに信玄は馬から下りて礼を尽くそうとはしません。

こういうことに怒るのが謙信という男です。いきなり大河へと馬を乗り入れました。兵たちも当然、続かざるを得ません。

しかし、この大河、水を満々と湛《たた》え、流れも急です。兵たちは次々に流されてしまいました。謙信自身も馬を流され、運よく流れてきた大木にしがみ付いて、ようやく元いた岸辺へと戻りました。

信玄はそう思ったのに違いありません。

（馬鹿か、こいつは）

『名将言行録《めいしょうげんこうろく》』には、

「分別なし」

と信玄が言ったとあります。

「こんな大河に飛び込むなら死んで当たり前ではないか。馬を放して岸に上がるぐらいなら、何で水の勢いが収まってから川を渡さないんだ。不要な強さは、国を持つ者にはいらないものである」

しかし、これが謙信という男でした。嚇《か》っとなったら突っ込んでいく。この最も男性的な行動を当時の武者たちは好み、賞賛したのです。信玄にはこのことが全く理解できませんでした。

なんだかつまらない男、と思わざるを得ません。

信玄が関東の北条《ほうじょう》家と戦っていた際にはこんなことがありました。信玄の兵が敵将の北条氏勝《うじかつ》の掲げていた「黄《き》八幡《はちまん》の指物《さしもの》」を拾ってきます。指物とは背中に指して、戦場で目立つようにする旗のことです。

全然、話は変わりますが、この原稿を書いているのは、「統一地方選挙」の時期（2011年4月当時）です。

先日駅前に行くと、「本人」と大書された指物が立っているのを目撃しました。

（何のことだ？）

いぶかしんでいると、近付くにつれ事情が判明しました。もう分かったかと思いますが、候補者「本人」がそこにいるという意味の指物でした。時代は変わっても、戦場で目立つためには「指物」というのは有効なようです。戦国時代には「いちばん」（一番強いという意味でしょう）と大書された指物を背負って戦ったという変わり者もいたそうです。

さて、戻って先ほどの話。

信玄の兵は「我らの勢いに恐れをなし、指物を捨てて北条氏勝は逃げたのだ」と笑

います。すると信玄は、

「それは違う」

と氏勝を弁護します。

「きっと差し替えた指物《さしもの》を下人《げにん》に渡したところ、その下人が指物を落としたのだ」

つまり指物は複数あって、外した指物を落としたに過ぎないというわけです。

当時の武者にはこういう心遣いがあるものです。敵将の悪口を言った家臣をたしなめるといった話はざらにあることでした。しかし信玄には意図があります。

「これは敵に怒りを含ませては、無理なる働きをするものなり」

怒りの余り、勇猛を発して敵を散々に討ち果たして闘死する例は史料の中でも散見できます。信玄はそれを未然に防ごうと、家臣をたしなめたのでした。

信玄の狙い通り、氏勝はこの話を人づてに聞いて、

「喜びの涙を流せしとぞ」

とありますから、氏勝という人も他愛もないものです。まんまと信玄に乗せられたのでした。

返す返すも何やら、信玄とは僕にとって面白さのない人でした。

＊『武将感状記』―江戸中期に刊行された、戦国〜江戸初期の武士の行状を記した逸話集。肥前国平戸藩士の熊沢猪太郎の著とされるが、真偽は不明。

死に際で信頼を寄せた人物とは

慧眼の海音寺先生

ふたたび武田信玄の咄。

そういえば、前回のエッセイで西野さんの描かれた信玄像（毎度面白い絵像をありがとうございます）を見て、思い出したことがあります。

いま41歳（２０１１年5月当時）の僕にとっては、武田信玄といえば、まさに西野さんの描かれた、でっぷりと太った信玄像《しんげんぞう》（高野山《こうやさん》の成慶院《せいけいいん》所蔵）です。が、最近は、この信玄の絵像は別人とされてしまい、教科書などではシュッとした細身の信玄像（高野山の持明院《じみょういん》蔵）がもっぱら採用されているようです。

僕などは、細信玄の絵像を見るたび、

「これっすかあ」

と何やら贋物《にせもの》を見せられているような印象なので、信玄と言えばやはり太信玄をイメージしながら本なり何なりを書いたり読んだりしています。

こういった馴染みの絵像が突然切り替わるという例は結構あり、僕が教科書で知っていた足利尊氏《あしかがたかうじ》の絵像も現在では別人だということになってしまっています。

繰り返しになりますが、信玄の絵像が各所で切り替わったのは最近のことで、恐らく21世紀に入ってからのことだと思います。しかし、これを今から30年以上前に見抜いていた人がありました。

僕が大好きな歴史小説家の海音寺《かいおんじ》潮五郎《ちょうごろう》がその人です。思い出したというのは、このことです。

海音寺潮五郎は、その随筆集『史談《しだん》と史論《しろん》（下）』の中で、当時流布《るふ》していた太信玄の絵像に対して疑問を呈しています。理由は、

「信玄は低血圧で消極的な人だから」

という拍子抜けするぐらい素朴なものですが、大昔にこれを見抜いた慧眼《けいがん》に、僕はますます惚れ込んでしまいました。

以下、その部分を引用します。

「現在普通に行われている信玄の肖像画は、大兵肥満《だいひょうひまん》、アゴは二重にくくれ、口ヒゲ頬ヒゲを生やし、赤ら顔らしく、いかにも高血圧患者的だ。（中略）果たして信用出来るものであろうか」

僕が持っている『史談と史論（下）』は、講談社から1977年に初版の出た文庫本です。なので、これ以前にこの文章はどこかで掲載されているはずなのですが、さかのぼることができませんでした。従って、少なくとも今から34年前に、海音寺潮五郎は太信玄の絵像に疑問を提示していたということにしておきます。

海音寺潮五郎には、この種の慧眼が多く、忍者についても、「実は渡来人《とらいじん》たちの末裔《まつえい》であろう」といくつかの傍証《ぼうしょう》（ややこしいので省きます）を挙げて説明し、後の忍者研究に結構な影響を与えました。また、僕たちが千利休《せんのりきゅう》に対して現在持っている、「秀吉にあくまで反抗した硬骨《こうこつ》の男」というイメージを最初に打ち出したのも海音寺潮五郎でした。『茶道太閤記《さどうたいこうき》』という小説がそれで、この小説以前の千利休は、単なる茶坊主というのが一般的な認識だったようです。この小説以降、千利休の人物像はがらりと変わりました。

面倒くさがりの信玄

さて、信玄。

信玄については、またまた海音寺潮五郎はこんなことを言っています。

「本来はあまり仕事好きではないのを努力によってあれだけのことをやったのではないかと思われるのだ」

『名将言行録《めいしょうげんこうろく》』には、信玄が家臣たちと夜話していた際、「人は身代の大小にかかわらず、身を亡ぼさない唯一の秘訣があるのだが、分かるか」と問うたとあります。家臣どもが首をかしげていると、信玄はその回答を示しました。

「人はただ、したいと思うことをせず、嫌だと思うことをやればいいのだ」

海音寺潮五郎の信玄に対する言葉と照らし合わせれば、信玄にとって「嫌だ」と思うことこそが、最も得意とした戦だったということになりましょうか。

こうして見ると、ライバルの上杉謙信の戦に対する過剰なまでの積極性に比べて、信玄の消極的姿勢は際立っています。

信玄は戦で大事なこととして、こんなことを言いました。

「40歳までの戦は勝つようにし、40歳以降の戦は負けぬようにするが良い。ただし、

20歳ごろにする戦のうち、自分よりも身代の小さい敵と戦うときは負けぬように心がけ、勝ち過ぎてはいけない」

何だかややこしいのですが、この言葉をひっくるめて考えると、絶対に勝たなければならないのは、40歳までに遭遇する敵のうち、自分より身代の大きい者だけということになります。それ以外の戦は、負けないようにすればいいというのが信玄の考えでした。

「敵に完全勝利をしてはならない」

という心得は、当時の武将には普通にあるものです。信玄もまたそのことを言っているに過ぎないとも思えますが、このややこしい年代の区切り方は、自らの戦に対する消極性への弁解と、裏読みできなくもありません。

また、信玄は大敵と戦う際には、いつも重臣たちに「合戦致すまじく」と、戦はしない旨、主張していたと言います。これを聞いた重臣たちは、多くの場合「是非とも一戦を」と食い下がってきました。この諸将の後押しに従って信玄は出陣したとの話です。これを『名将言行録』などでは、「諸将の士気を養うためである」と理由付けしていますが、案外、本気で戦を面倒だと思っていたのかもしれません。

こういう面倒くさがりのせいか、人の面倒くさい気分には敏感でした。

信玄が当主となる前の武田家では、毎朝、城へと出仕《しゅっし》するのが決まりでした。これが家臣たちにとってなかなかの負担だったと言いますから、毎朝の出勤というのはいつの時代も面倒なことのようです。

ところが信玄は「朝に私用のある場合はどうするのだ」とスゴいことを言い、あっさりとこの決まりを廃止してしまったといいます。結果、「朝昼晩のいずれかに出仕すればいい」と夢のような勤務体系にしてしまいました。こういう「善政」も信玄の消極性による賜物《たまもの》だったのかもしれません。

こんな、上杉謙信とは正反対の性格の信玄でしたが、この男が死ぬ間際に信頼を寄せたのが、誰あろう謙信その人でした。

死の床にあった信玄は、息子の勝頼《かつより》にこう遺言しました。

「義人とは上杉謙信ほどの男のことをいうのだ。天下を見渡してもこれほどの男はおらん。ひと度、この男に国を託せば、決して裏切られることはない。泰山《たいざん》よりも心安らかにいられるはずだ」

謙信の価値を最も知る男は、あるいは正反対の男、信玄だったのかもしれません。

毛利元就

年収を百倍に跳ね上げた得意技

年収を百倍にした元就

今回は、毛利元就《もうりもとなり》の咄《はなし》。

安芸国《あきのこく》（現在の広島県の西部）吉田の３０００貫《かん》の小身《しょうしん》から山陰山陽10カ国の主となった、戦国時代のサクセスストーリーの典型のような男です。

「毛利元就」

といっても、「名前は聞いたことあるけど、ピンと来ないな」という人のために、織田信長を基準にして少し紹介してみます。

元就は、信長の37歳年上。なので、戦国武将としては、信長などよりよほど年季《ねんき》が入った男でした。

のっけから死んだ時の話になりますが、元就は元亀《げんき》２（１５７１）年に75歳で病死してしまっています。信長《のぶなが》が秀吉《ひでよし》を発して、毛利家の領有していた中国地方を攻めるのは、その6年後の天正5（1577）年ですので、元就自身は織田《おだ》家の武将と直接戦ったことはありません。

元就が死んだ元亀2年といえば、信長が浅井《あさい》、朝倉《あさくら》の連合軍を敗走させた姉川合《あねがわのかっ》戦《せん》の翌年、比叡山延暦寺《ひえいざんえんりゃくじ》を焼《や》き討《う》ちにしたその年です。元就は、戦国時代が最も沸騰した「元亀天正《げんきてんしょう》の世」の真っ只中で、残念にも死んでしまったのでした。

そんな元就でしたが、まず3000貫《かん》の話。

「〇万石《まんごく》」

という所領の数え方を耳にした人は多いかと思います。1石は、時代劇などでよく目にする米俵《こめだわら》（もちろん現在もありますが）、2俵半に当たります。1俵には60キロの米が入りますので、1石は150キロ。

なので、

「1万石の所領」

といえば、1500トンの米を収穫できる土地を領有しているということになります。

ちなみに、戦国大名の収入としては、歴史の授業で習った「五公五民《ごこうごみん》」であれば50%が、「四公六民《しこうろくみん》」であれば、40%が懐《ふところ》に入ることになります。もちろん、その懐に入った分を家臣に分け与えたり、そもそも所領の幾分かを家臣たちに割譲《かつじょう》するので、大名家そのものに入る米はぐっと少ないのですが。

「〇貫《かん》の所領」というのも同じく領地の数え方です。

「貫」というのは、貨幣の単位で、銭1000文《もん》が1貫に当たります。所領3000貫というのは、「3000貫分の米を生み出す土地を領有している」ということで、収穫できるであろう米の数量をお金に換算したものでした。これを、収穫できる米の量で表した「石高制《こくだかせい》」に対して、「貫高制《かんだかせい》」と言ったりします。小田原北条《ほうじょう》家でも、この貫高制を用いていました。

なんだか小難しい話で、書いているのも面倒ですが、お付き合いください。

銭1貫分の米というのは、時代によって異なります。1貫が1〜5石ぐらいと結構な幅がありました。従って、元就の所領、3000貫の米というのは、最大でも1万5000石ぐらいです。

この1万5000石の所領がどういうものかというと、1万石につき大体300人ぐらいの兵を動員することができるので、450人の動員力ということになります。この450人も、全員が兵というわけではなく、兵糧《ひょうろう》を運ぶ非戦闘員も含まれます。

元就という男は、この450人の小勢から乱世へ乗り出したのでした。元就の死後、毛利家が秀吉によって安堵《あんど》された石高《こくだか》は120万石だったということですから、元の所領が最大でも1万5000石だとして、元就は生涯の間に、実に年間収入をおよそ百倍にした男でありました。

余談の余談をもう少し。

「毛利」

という名字ですが、これの元は、広島県ではなく、神奈川県の厚木《あつぎ》市にあります。随分とさかのぼりますが、毛利元就は、鎌倉幕府を開いた源 頼朝《みなもとのよりとも》のブレーンともいうべき、大江広元《おおえのひろもと》という官僚の子孫です。この広元がその功績によって与えられたのが、相模国毛利庄《さがみくにもうりのしょう》（ほかにもあるのですが割愛します）でした。この毛利庄が現在の神奈川県厚木市に当たるわけです。

毛利庄を父の広元から相続したのが四男の季光《すえみつ》という男で、この季光が相続した土地の名を取って「毛利」という名字を名乗ったのが毛利氏の始まりです。

江戸時代に、徳川幕府《とくがわばくふ》が諸大名に提出させた系図をまとめた『寛政重 修諸家譜《かんせいちょうしゅうしょかふ》』＊にある、

「子孫季光がとき父広元、相模国愛甲郡《あいこうぐん》毛利庄に住する故をもって毛利を称号とす」

というのがこれで、以降、季光の子孫は毛利を名乗りました。

その後、大江広元から見てひ孫に当たる時親《ときちか》が、毛利元就の本拠、安芸国吉田に引き移り、戦国期の毛利氏繁栄の礎《いしずえ》を築きました。

こんなわけで毛利の元は、神奈川県厚木市にあります。

現在でも厚木市には「毛利台」という地名があります。これがいつ名付けられたか知りませんが、何にせよ、かつて存在した毛利庄に由来しているのでしょう。

つぶやきで勝利

さて、ようやく毛利元就ご本人のこと。

元就は、采配を取っての軍勢の駆け引きも上手な男でしたが、いまひとつ得意なことがありました。

情報操作がそれ。敵を欺《あざむ》く用間《ようかん》の術の達者でした。その情報操作を元就は主に、

「つぶやき」

によって成し遂げます。

元就のエピソードには、度々この「つぶやきによる情報操作」が登場するので、

「毎度毎度似たようなことをよくすんなあ」

と可笑しくなるほどです。

その一つ。

中国地方の覇権《はけん》が大内《おおうち》氏と尼子《あまご》氏によって争われていた頃、小勢力であった毛利元就は、当初尼子氏の傘下に入っていましたが、大内氏に鞍替えしました。当主の尼子晴久は当然のごとく怒り、元就を亡ぼすべく画策し、間者《かんじゃ》を毛利家に送り込みます。晴久の近臣、内別作助四郎《うちわさすけしろう》という男が毛利家の家臣となり、まんまと元就の居城、郡山城《こおりやまじょう》にもぐりこむことに成功しました。

こういう場合パターンなのが、元就はすぐにこれを見抜いてしまうということです。どう見抜いたかは書いていないので分かりませんが、用心深い男ではあったのでしょう。

ところが、元就はこれを討ち捨てることもなく3年もの間、近くで召し使います。

そして「つぶやき」の瞬間が訪れます。

尼子晴久が大軍を催して、郡山城に攻め寄せるとの情報を得た元就は、この内別作のいる前で、こうつぶやきます。

「晴久よ、冑山《かぶとやま》に陣を張ってくれよ。もし三猪口《みいのくち》に陣を張って味方の大内家に通じる通路を遮断されたら、もうどうにもならないからなあ」

内別作は、このつぶやきを聞くや毛利家を出奔《しゅっぽん》します。無論、主人の尼子晴久に三猪口へ陣を敷かせるためです。

内別作の出奔を知った元就は、「すでに戦は勝った」と大いに喜びました。青山は、郡山城を見下ろす位置にある一方、三猪口は平地です。平地での戦闘の方がやり易いと判断していたからです。

「青山から敵に見下ろされれば、どうしようもなかったわ」

元就はそう家臣どもに言って胸を撫で下ろしました。尼子晴久は、間者の注進通り三猪口に陣を敷き、負けてしまいました。

元就はこのつぶやきの術で、いくつかの合戦に勝利します。

＊『寛政重修諸家譜』—江戸後期、幕府が編修した武家の系譜集。各大名家や旗本から提出させた膨大な系譜史料をもとに作られた江戸時代最大の武家系譜集。

敵も味方も騙す念の入れかた

厳島合戦でのつぶやき

「つぶやき」による情報操作で敵を欺《あざむ》き合戦を勝利に導くのを何よりも得意とする元就でした。

この得意技がいかんなく発揮されたのが、「厳島合戦《いつくしまのかっせん》」と呼ばれる天文《てんぶん》24（1555）年に勃発《ぼっぱつ》した戦です。この戦の勝利で、元就はその後の急成長のきっかけをつかみました。

簡単に事情を説明します。

この戦の数年前まで、中国地方の概ね西半分を大内義隆《おおうちよしたか》という大名が押えていました。本拠は現在の山口県です。当時は元就も紆余《うよ》曲折《きょくせつ》はありましたが、この義隆に臣従していました。

義隆という人は、文弱《ぶんじゃく》ということで有名な人で、『名将言行録《めいしょうげんこうろく》』などでは、「遊宴《ゆうえん》を事とし、茶の湯、歌の会に日を送り、文事を好み、弓馬に疎《うと》く、軍国の事ことごとく陶晴賢《すえはるかた》に任しければ――」

と、その武将としての心掛けを悪《あ》し様《ざま》に記していますが厳島合戦の四年前、1551年に、軍事を任せていた陶晴賢の謀反《むほん》に遭い、殺されてしまいます。

厳島合戦は、この陶晴賢に毛利元就が挑んだ戦でした。

戦の名目としては、謀反人《むほんにん》、陶晴賢を討《う》つ弔《とむら》い合戦です。が、謀反人とはいえ、晴賢の兵力は元就方と隔絶《かくぜつ》していました。元就に加勢した家々を合わせても3000人程度のところ、晴賢はその10倍、3万人を有していたのです。

そこで、元就が考えたのが、

「陶方3万の兵を狭い厳島におびき寄せて、大軍の利を失わせて殲滅《せんめつ》する」

という戦術でした。

一応、書いておきますが、厳島は、世界遺産の厳島神社がある宮島《みやじま》（広島県廿日市《はつかいち》市宮島町）のことです。僕は生後3カ月から中学2年生の終わりまで広島市に住んでいたので、何度かこの宮島に行きましたが、この合戦のことは知りませんでしたので、

「あの大鳥居《おおとりい》の所まで歩いて行きたいなあ」

とばかり思っていました。ご存じの人も多いと思いますが、厳島神社は、その海上に大鳥居が浮かんでいて、潮が引くとそこまで歩いて行けるのです。僕が行ったときにはなぜかいつも潮が満ちていたような気がします。

さて、厳島合戦。

元就は、厳島に晴賢をおびき寄せるため、「餌《えさ》」を用意します。これが厳島に築城した宮尾城《みやおじょう》でした。現在、フェリー乗り場の宮島桟橋《みやじまさんばし》の付近に「要害山《ようがいざん》」という名称の山がありますが、これが宮尾城の址です。

元就が厳島に築城する旨、重臣たちに宣言すると皆これに反対します。3万もの軍勢に攻め寄せられて乗っ取られでもしたら、厳島全体が陶方に渡ることになります。厳島と本土はフェリーで行くと10分程度とごく近く。対岸の本土側には毛利方の城があり、厳島を押さえられれば咽喉元《のどもと》に刃を突きつけられたも同然となるからです。

ここでなぜか元就は、重臣たちの意見を聞かずに厳島への築城を断行します。そして築城が終わったところで例の、

「つぶやき」

を始めます。

「厳島に城を築いたこと、わし一代の過ちだなあ。しかしいまさら城を壊すと、自分の過ちを敵味方に知らしめることになって何とも恥ずかしい」

とぼやき、挙句には、

「このまま城を置きっぱなしにしておったら、晴賢に攻め取られてしまう。どうしようか」

などと重臣らに問う始末です。重臣どもは元就から何も知らされてはいません。この元就の小芝居にまんまと乗りました。

『名将言行録《めいしょうげんこうろく》』には、「家中《かちゅう》一同」とありますから、皆が皆、

「この島に築城したこと、殿が一代の過《あやま》ちにござる」

と一斉に非難したといいます。

もちろん、この小芝居は、陶方が発した間者《かんじゃ》に聞かせるためのものです。

間者は、このことをせっせと書状にしたため、忍びの者でもいたのでしょうか、これを陶晴賢に送ります。間者が元就の元を離れないとしたのは、後の話とつじつまが合わなくなるからです。

間者からの書状を受け取った晴賢は、元就の「つぶやき」にしっかり騙されます。

大軍3万をもって厳島に押し寄せ、宮尾城を攻め立てました。「餌」に食い付いたわけです。元就は、愛媛県の村上海賊《むらかみかいぞく》を味方に引き入れ、ただちに夜陰《やいん》に紛れて海を押し渡り、夜明けとともに奇襲をかけ二大勝し、陶晴賢も自刃に追い込みました。

ところで、『武辺咄聞書《ぶへんばなしききがき》』によると、陶方の間者はどういうわけか元就と一緒に厳島まで渡ってきたようです。

元就は島に上陸するなり、間者を呼びつけました。

「おのれのお陰で今日大利を得るだろう。宮島へ晴賢を引き出したのは、わしが謀《はかりごと》よ」

と聞かせて、その間者を海に沈めてしまったとのことです。

元就は、この厳島合戦の前、同じ情報操作で陶晴賢の有力武将を亡き者にしています。

江良信俊《えらのぶとし》という武将がそれで、元就は信俊の筆跡をまねた内通書を偽造し、家臣を使って陶晴賢が居座った山口の街に落とさせました。内通書の宛先はもちろん元就です。晴賢はこれを見て、短慮にも信俊を攻め滅ぼしてしまいました。

悪辣、ニセ内通書

ほかにも飛脚《ひきゃく》を打ち殺して、屍骸《しがい》の懐に偽造した内通書《ないつうしょ》をねじ込み、わざと目に付くよう捨て置かせたりもしました。敵が屍骸を発見して懐を探ると、味方であるはずの武将が元就に宛てた内通書が出てくるというわけです。敵の大将は、内通書を出した（と思い込んだ）武将を討ち果たしてしまいます。

現代の我々からすると、

「なんで一度問い質《ただ》さないのかなあ」

と一瞬思ってしまいますが、このニセの内通書というのは、存在するだけで非常にやっかいなものでした。

ニセの内通書を手に入れた主人が、

「こんな内通書があるが、本物か」

と当人に問うことはできません。問われた方は「主人が俺を疑っている。このままでは身が危ない」と本当に内通したり、武備を整えたりし始め、主人の方もこれに対応せざる得なくなり、結果、合戦沙汰になる例があるからです。従ってニセの内通書を手にした場合は家臣を討ち果たしてしまうか、信じ切って握り潰してしまうか、どちらかしかありません。
この悪辣《あくらつ》な手を使って、敵の勢力を削《そ》ぎのし上がっていったのが元就という男でした。

悪行も善行も全力でやった男

吉報は絶対信じない元就

前回まで、「つぶやき」によって他人の心を操り、合戦を勝利に導く元就の姿をいくつかの事例を挙げて述べてきました。

かなり悪辣《あくらつ》なやり口によって、他人を引っ掛けてきた元就です。なので、自分が引っ掛かることには極度に用心しました。

『名将言行録』には、こんな話が載っています。

元就が、出雲国《いずものくに》（現在の島根県東部）に本拠を置く尼子晴久《あまごはるひさ》と敵対していた時のことです。元就の重臣の元に、敵の晴久が重病に陥ったとの報せが入ってきます。

この朗報を受けた重臣は、喜び勇んで元就にこのことを注進に行きました。敵の大将が労することなく死んでくれるかも知れないのです。元就も喜んでくれるに違いありません。

ところが、同書によると、

「案《あん》の外《ほか》気色《けしき》を変じ」

とありますから、元就は意外にも怒り始めました。

「おのれは」

と、元就は重臣をじろりとにらむと、こう言います。

「そんなこと、遠慮もせずに申し出るものではない。なぜなら、我らが出雲に攻め入ることは周知のことじゃ。こんな時、大将が病気だと敵が言い触らすのは当たり前の策じゃ。その敵の心も察せず、吉報のごとくわしに申し出るなど無用の至りだ」

大いに立腹しました。

何しろ、自分が散々、この手の虚報《きょほう》で敵を欺《あざむ》いてきています。自分にとっての吉報《きっぽう》には過敏に反応するようになっていました。降って湧《わ》いたような吉報は、原則として嘘だと思うようにしていたのでしょう。

元就に叱り付けられた重臣をはじめ、それを伝え聞いた家臣たちも、これ以降は尼子晴久病気について言上《ごんじょう》することはなかったということです。こういう事態になれば、元就の威令も行き過ぎの感があります。この後、元就には吉報が届かず、それを計算に入れて軍略を立てることができなくなるかも知れないからです。

この尼子晴久病気のことに関しても、そうでした。晴久重病の報せは本当のことで、ほどなく晴久は死んでしまったのです。

（偉そうに重臣を叱責《しっせき》したが、当てが外れた）

と、元就は思ったでしょうが、一方では、大過《たいか》なかったことに喜ぶべきだと確信していたでしょう。元就は、この極端な用心深さで中国地方の覇者《はしゃ》になった男でした。こんな男でしたので、元就はとにかく自らが浮き足立ってしまうような話を嫌いました。褒め言葉でさえ、そうでした。

元就の家臣に、儒学を修めた法橋《ほうきょう》恵斎《けいさい》という名の家臣がいました。

恵斎は、あるとき元就にこう言いました。

「いま、元就様の神のごとき武は、中国地方に輝き、万民が皆、〝湯武《とうぶ》の世〟に逢った心地がすると悦んでおりまする」

湯武の世とはちょっと説明がいるのですが、ここでは、理想的な世が来たという程度に思ってください。紀元前の中国の故事、湯王《とうおう》と武王《ぶおう》が暴君を追っ払ったことに因《ちな》む言い方です。

法橋恵斎の言葉を聞いた元就は、またも怒り出します。

「湯武《とうぶ》の世には、お前のような諛臣《ゆしん》はおらんわ」

諛臣とは、主君に対して媚《こ》び諂《へつら》う家臣のこと。

「おのれのような諛臣がおることだけでも、今の世が湯武の世には到底およばぬと分かるというものよ」

ばっさりと言葉でもって、この法橋恵斎を斬り捨てました。

『名将言行録』では、この一節が、諛臣を退ける名君としてのエピソードとして語られますが、僕には、調子に乗ることが敗北に繋がると熟知していた男の話としか思えません。

敵の心を自在に操ってきた元就のことです。この種のお世辞が自らの心にどう悪影響をおよぼすか、知り尽くしていたのでしょう。

こんな元就に家臣は心服

自他の心について見通し切っていた元就の眼力《がんりき》は、敵に発せられれば恐るべきものとなりましたが、味方に向けられれば、ふるい付きたくなるほどの魅力となって輝きを放ちました。

尼子氏の本拠、出雲国を攻めた際の話。岩木源六郎《いわきげんろくろう》という元就の家臣が、左の膝を射られました。

源六郎は矢を抜きましたが、抜けたのは矢の柄《え》だけで鏃《やじり》は膝に残ってしまいます。当時、「矢柄落とし」と呼ばれたのがこれで、鏃だけを敵の体内に残すことで、後々まで敵兵を苦しめるものでした。陰湿な技です。徳川家康などはこれを嫌い、禁じたほどでした。

源六郎も、これに苦しみました。戦が終わっても傷は癒《い》えず、膿《うみ》を生じて開きっぱなしです。元就も源六郎を案じてこれを見舞いました。

「もはや左脚を切り落とすしかござりませぬ」

と訴える源六郎を、元就は叱りつけます。そして元就が次に取った行動が、源六郎の心を震わせました。

元就は、やおら源六郎の左膝に口を付けるや、ずるずると膿を吸い出したのです。どういう吸引力なのか、鏃《やじり》までをも吸い取ってしまいました。源六郎は無事回復します。

元就の心に対する眼力はこのことではありません。その後に表れます。元就に左脚、あるいは命までも救われた源六郎は、これを恩義《おんぎ》に感じます。戦国当時のことです。命懸けで恩を返そうとしました。戦場で元就のために大いに働き、華々しく散ろうとしたのです。

この源六郎の心を元就は見抜きました。

「源六よ」

と、元就はこの決死の武者の名を呼ぶと、

「おのれはわしの行いなどに感動し、厚き恩義と思うのならば、大勇《たいゆう》の者ではないぞ」と戒《いまし》めました。自分の行いなど大したものではない、死ぬな、と暗に示したわけです。こういう元就に、家臣たちは大いに心服します。元就の死後には、こんなことがありました。

織田信長の家臣時代の秀吉が、毛利の領国に攻め入ろうとしていた時のことです。

当時の毛利家の主、輝元は、領国の防衛線上に位置する備中高松城《びっちゅうたかまつじょう》（拙作『のぼうの城』の冒頭で秀吉から水攻めを喰らう城です）の城主、清水宗治《しみずむねはる》に所領の加増を申し出ます。

申し出を聞いた宗治は、激怒します。自らが秀吉に内通すると疑われ、加増の利をもって釣られていると思ったからです。

「元就公の御世《みよ》ならば、こんなことはなさらなかったはずじゃ」

宗治は加増を断ると、備中高松城に帰ってしまいました。そして毛利家のために秀吉に立ち向かい、水攻めを喰らって、家臣たちの身代わりとなって自刃します。

宗治も見事ですが、ここまで思わせる元就もまた、尋常の男ではありません。思うに元就は、悪行《あくぎょう》も善行《ぜんこう》も本気でやった、相当複雑な男だったのでしょう。

吉川元春

小敵には慎重に、大敵には恐れず

12歳で初陣

今回は、毛利元就《もうりもとなり》に触れたついでに、その次男、吉川元春《きっかわもとはる》の咄《はなし》。元春は、元就の次男です。元就33歳の時の子でした。毛利家の子なのに苗字が、「吉川」なのは、元就が毛利家を拡大基調に乗せた際、吉川家を乗っ取り同然で配下に組み入れ、その当主として元春を送り込んだからです。

本拠は、現在の広島県山県郡北広島町にあった日野山城《ひのやまじょう》。島根県との県境近くです。父の毛利元就は、勇猛と奸智《かんち》を兼ね備えた珍しい人物でしたが、この二つの特徴は、次男の元春と三男の小早川隆景《こばやかわたかかげ》に見事に受け継がれます。

ちなみに長男は、毛利隆元《たかもと》といいますが、40歳の壮年で死んでしまいました。元就がまだまだ現役のころだったので、隆元の人物が父の陰に隠れてしまっているのが残念です。小型の元就のような人だったと推察します。

さて元春。

56歳と、そこそこ長生きした元春はこの点、彼自身を印象付けるいくつかのエピソードを残す時間がありました。それが、父、元就の二つの特長のうちの一つ、

「勇猛さ」

でした。

子供のころから勇敢だったらしく、『名将言行録《めいしょうげんこうろく》』には、こんな話が掲載されています。

元就の話のときに何度か登場した尼子晴久《あまごはるひさ》が、安芸国《あきのくに》吉田の郡山城に攻め寄せたときのことです。父の元就はこれを迎え討つため、軍勢を率いて城を出立しようとします。

この時、12歳の元春が城から駆け出てきました。

「自分も連れていけ」

と主張します。これまで何度も父にねだり続けてきたらしく、同書には、

「今まで度々の合戦に、自分も馳《は》せ向かおうとしたけれども、父上の許しがないので空しく過ごしてきた。今度は是非にも連れていってもらう」

と言ったとあります。「弓箭《きゅうせん》取る身の幼年なればとて、敵に向はざる事の候《そうろう》べきや」ともありますので、当然戦うつもりです。

しかし何しろ12歳の元服《げんぷく》前です。だいたい元服は14、15歳ぐらいですもので、ここで初めて一人前の男になり、合戦に出られるようにもなります。従って父の元就としては当然、許すことはできません。

元就は、家臣の井上河内守《いのうえかわちのかみ》に、

「少輔次郎《しょうゆうじろう》（当時の元春の名です）を連れて城に帰れ」

と命じて、自分は敵へと馬を駆っていってしまいました。

「元春大いに立腹し」

と同書にありますから、歯噛《はが》みして元就の背を見詰めていたことでしょう。そんな元春を、井上が宥《なだ》めすかして城内へ連れ帰ろうとしたのがいけませんでした。

「おのれは、俺を止める気か」

元春は抜刀《ばっとう》すると、井上を斬って捨てようとしました。井上は一目散に逃げます。井上をはじめ、城内の者ももはや元春を止めようとはしませんでした。これに乗じて元春は城内に残った兵を引き連れ、馬上、城から飛び出します。たちまち元就に追い付くと、

「今度は是非にも御免を蒙《こうむ》り、御供させてもらいますぞ」

と強要しました。

ここまで来れば、元就も諦《あきら》めるほかありませんでした。

「汝稚《おさな》き身の大不敵者」

と呆れ返り、元春を戦場へと連れていったということです。これが元春の初陣《ういじん》となりました。

武将の幼いころの挿話は、その智謀《ちぼう》を予期させるものが多く、単純な勇猛さを前面に出したものは意外に少ない、というのが僕の印象です。当時の人にとっても元春の勇猛は、目を見張るものがあったのでしょう。

こんな元春でしたが馬鹿ではありません。合戦においては、生まれながらにその呼吸を知り尽くしていた男だったように思われます。

秀吉も尻込み

その戦術眼が鮮やかに発揮されたのが、秀吉に毛利家が対抗したときです。

織田信長の部将だった秀吉が、毛利家の領する中国地方の攻略を命じられ、天正9

（1581）年に因幡国《いなばのくに》（現在の鳥取県東部）鳥取城を包囲した際のこと、元春は救援のため鳥取城に向かいました。

しかし、元春が伯耆国《ほうきのくに》（鳥取県西部）に入り、馬野山《うまのやま》というところに至ったところで、鳥取城が落ちてしまったとの知らせが入ってきました。

こうなると、危うくなるのは元春自身の身です。鳥取城と、元春のいる馬野山は、わずか20キロしか離れていません。秀吉がその気になれば、僅かの時間で馬野山に達することができるでしょう。おまけに秀吉の軍勢は4万、元春はその10分の1程度の軍勢しか率いていませんでした。

ここで元春は、

「逃げよう」

とは、考えませんでした。この場で秀吉を待ち、一戦しようと決意します。

鳥取城の落城は、天正9年の10月25日、その二日後の27日の夜には、元春は秀吉軍4万に包囲されてしまいました。おそらく、元春の元に落城の知らせが届いたのは、26日ではないかと思います。とすれば僅か一日での判断でした。

元春はこの決断を、どういうわけか家臣には知らせませんでした。ただ、この男らしく態度で示します。

秀吉の包囲が完了した27日の夜のことです。当然、元春が夜陰《やいん》に乗《じょう》じて逃げるつもりであろうと思い、二人の家臣が元春の陣所《じんしょ》に赴《おもむ》くと、豪胆にも高いびきをかいて寝ていました。

この元春の姿を見て、驚く一方、うろたえたことに恥じ入るのが、この時代の男です。後刻、元春の息子が、その家臣の陣所に見回りに行くと、一人はすごろくを、一人は囲碁をやりながら悠然と合戦を待っていました。

やがて夜が明け、馬野山の元春の陣を目にして驚嘆したのは秀吉の方でした。元春の軍数千は静まり返り、一向に臆する色が見えなかったからです。秀吉の異父弟、秀《ひで》長《なが》が数万の軍勢を割いて、直ちに馬野山に攻めかけようとしましたが、秀吉は慌てて使いを走らせ、

「忿兵《ふんぺい》に只うかうかと掛かることやある」

と言わせて秀長を止めました。死を決した軍勢には容易に手を出してはならない、というのが武将の心得とされた時代です。さすがの秀吉でした。即座に元春の軍勢が難敵だと見抜くと、

「大胆不敵の族《やから》かな」

と包囲を解き、居城のあった姫路へと帰っていったのでした。元春とは秀吉ほどの

男が戦を避けた男でした。

後に元春は、

「小敵《しょうてき》には慎重に、負けぬように戦するべきだが、大敵《たいてき》には恐れず勇みかかるのが良い」

と言っています。この辺り、喧嘩の呼吸のようで、いかにも幼いころから血の気の多い元春を彷彿《ほうふつ》とさせます。元春はこの呼吸で、秀吉をも尻込みさせたのでした。

小早川隆景

先見の明と鋭い洞察力

知略の男、隆景

前回まで、毛利元就《もうりもとなり》の次男、吉川元春《きっかわもとはる》についてお話ししてきました。

今回はその弟で、毛利元就の三男、小早川隆景《こばやかわたかかげ》の咄《はなし》。生まれたのは、1533年。豊臣秀吉より4つ年上です。

吉川元春のときにも同じようなことを書きましたが、隆景もまた毛利家の三男なのに、苗字が小早川です。これも兄と同様、父の毛利元就が領土を拡大する過程で小早川家を呑み込み、三男、隆景を当主として送り込んだためで、結果この男も生家とは違う苗字を名乗ることになりました。

兄、元春は勇猛な男でしたが、この弟は、それとは正反対の知略の男でした。

それが鮮やかに発揮されたのが、織田信長が殺された本能寺《ほんのうじ》の変のときでしょう。

よく知られた話ですが、隆景の先見の明を最もよく表した挿話なので、書いておきます。

信長が殺されたのは、その部下であった秀吉が毛利家の領国に攻め入り、備中国《びっちゅうのくに》(現在の岡山県西部)高松城を水攻めにしていたときのことです。

信長が殺される前、隆景ら毛利勢は、高松城救援のため、その付近に陣を張っていました。しかし、秀吉の守りは固く手が出せません。しかも近日中には、信長自身が大軍を率いて毛利の領国に攻め入ってくるとの報《しら》せが隆景らの元に次々に入ってきます。

これでは毛利家に勝ち目はありません。備中国に加えて備後《びんご》(現在の広島県東部)と伯耆国《ほうきのくに》(同、鳥取県西部)を信長に渡して和睦《わぼく》を図ろうと決め、秀吉に使者を送りました。

そんなときに飛び込んできたのが、

「信長死す」

の報せでした。

急報にまず接したのは秀吉の方でした。しかし、ここは秀吉の見事なところで、この秘事を毛利家の使者に包まず語ってしまいます。しかもご丁寧にも、

「和睦のこと、信長公が死んだ以上、いまは毛利家の意志も変わっているかもしれぬ。お主は速やかに毛利の本陣に帰ってこれを知らせ、改めて主の考えを質《ただ》した上で、今

一度、和睦か否かの返答を持ってきてくれ」

と使者に言います。

使者は本陣に帰り、当主の毛利輝元《てるもと》（隆景の甥）にこれを言上《ごんじょう》しました。その場には隆景と、その兄、元春ら重臣たちもいます。

評議は当然、

「信長が死んで、形勢不利となった秀吉を討て」

との方向に流れていきます。毛利家にとっては窮地を救われるどころか、逆転勝利のまたとない機会です。

「和睦は信長と結ぼうとしたのだ。秀吉個人と結ぼうとしたわけではない」

と決着しかけました。勇猛な元春も、こう主張したようですが、ここで一人、隆景だけは違いました。

「当初の予定通り、秀吉と和睦すべし」

と一同に訴えます。理由は、

「天下この人に帰すべき時、すでに至りぬ」

というものでした。隆景はこの時点で、秀吉が天下人《てんかびと》になるであろうことを予見していたのです。

「いま和睦を翻《ひるがえ》して秀吉と仲違《なかたが》いするならば、我が家ついに彼によって滅びるであろう」

隆景はそう言い切りました。元春などは相当抵抗しましたが、重臣をはじめ、当主の輝元も隆景の意見に服し、秀吉との和睦を決定しました。そしてこのことが、秀吉政権下で毛利家が中国10カ国という広大な領土を維持する礎《いしずえ》ともなりました。裏を返せば、隆景が秀吉に天下を取らせたと言っても過言ではないでしょう。

ご存じの通り、毛利家は関ヶ原合戦で石田三成《いしだみつなり》の西軍に味方し、当主の毛利輝元は総大将に祭り上げられます。敗北の結果、徳川家康から周防国《すおうのくに》と長門国《ながとのくに》（現在の山口県）だけを残して領土を取り上げられてしまいますが、この時には隆景はすでにこの世にはいません。関ヶ原合戦の起こる3年前に死んでしまっています。

ですが、死の直前、甥で毛利家当主の輝元にこう遺言していました。

「天下が乱れたとしても、天下を争うような真似をしてはならん。ただ我が領分を守って、失わないよう謀《はかりごと》を巡らすのだ」

理由は、

「輝元は天下を保つような器量ではない」

という、どぎついものです。

輝元はこの遺言を破って、西軍の総大将になってしまったわけです。結果は先に記した通りになりました。

こんなふうに、隆景とは先を見通す鋭い洞察力を秘めた男でした。

毛利家、最大のピンチに

隆景がこうした遺言を残したり、秀吉に天下を取らせるような選択をしたのも、ひとえに実家である毛利家を保たんがためでした。隆景は、天下を取った秀吉の政権下で生き抜き、徹底して甥《おい》の輝元を守り抜こうとします。

その際、毛利家にとって最大の問題が浮上します。それが、

「毛利家の継嗣《けいし》問題」

でした。

毛利家の当主、輝元に実子がなかったときの話です（後に生まれますが）。隆景の元に、同じく秀吉の臣下に列していた黒田如水《くろだじょすい》がやって来て、

「毛利家の跡継《あとつ》ぎに、金吾殿《きんごどの》を所望《しょもう》してはどうか」

と言ってきます。

これを聞いた隆景は、ぎょっとなります。金吾殿とは、秀吉の嫡妻《ちゃくさい》、ねねの兄の息子の秀秋《ひであき》のことで、阿呆で有名な男だったからです。この前年に秀吉には、秀頼《ひでより》という跡継ぎもでき、阿呆を持て余していた時でもあります。毛利家ほどの大家がこれを引き受けるのなら、秀吉も大喜びするでしょう。

このとき、如水がどういうつもりでこんなことを言ったのかは分かりません。相当な策士なので、秀秋を毛利家に入れることでその弱体化を狙ったのかもしれませんし、好意的に見れば、秀吉の覚えをめでたくさせようとの親切心とも考えられます。

ともかくも、隆景にとっては言語道断《ごんごどうだん》の提案です。

（如水の奴、余計なことを）

隆景のことです。秀秋の阿呆を迎えれば、毛利家に明日はないとありありと見通すことができたでしょう。

実を言えば、これ以前、毛利家の当主、輝元は実子がいないことを苦にして、毛利元就の四男、元清《もときよ》の子、宮松丸《みやまつまる》を養子に迎えようとしていました。養子を迎えるのには秀吉の許しが必要です。事前に輝元は隆景にこれを相談すると、隆景は、

「駄目だ」

言下《げんか》に退けました。

秀吉に「実子がいないので、養子を迎えたい」などと言上した際、万一、秀秋を薦められようものなら、もう断れません。このため隆景は、どこぞに秀秋が片付くのを見届けてから、毛利家の養子のことも決めようとしていたのです。しかし、ジョーカーはあろうことか毛利家に配られようとしていました。

隆景の奔走《ほんそう》が始まりました。

自分の弱さと真剣に向き合った

毛利家最大のピンチを回避

引き続き小早川隆景の咄《はなし》。

前回、黒田如水《じょすい》というおせっかい男が、隆景に、

「金吾殿を毛利家の養子としてはどうか」

と、相談してきたところまで書きました。

当時、毛利家の当主で隆景の甥の輝元には子がなく、跡継ぎがいない状態でした。この跡継ぎに「金吾殿」を据えればどうかと如水は言うわけです。

ところが、この金吾殿、秀吉の嫡妻ねねの兄の息子、秀秋のことですが、有名な阿呆でした。隆景の父、元就が生涯をかけて切り取った中国10カ国の領土を、阿呆に呉《く》れてやるなど、隆景は思うだけでも不快だったでしょう。

（如水の奴、余計なことを）

そう思ったでしょうが、仮にも秀吉の甥との養子縁組の相談を正面から突っぱねることはできません。突っぱねたことを如水が秀吉に伝えでもすれば、大変なことになります。

『名将言行録《めいしょうげんこうろく》』によると、隆景は、

「そのようなことがもし成り立てば、我らが家の幸でありましょう」

と、如水に答えたといいます。適当に言って如水を追っ払ったのでしょう。

この時点では、黒田如水も隆景に相談しただけのことで、秀吉にはとくに何も伝えていなかったはずです。

しかし、この手の相談ごとは徐々に外部に漏れていくのが常です。秀吉の耳にも遠からず達するに違いありません。

隆景には時間がありませんでした。

同書には、

「屹度《きっと》思案し」

などとありますから、余程の決断をしました。

隆景はその足で、医者で秀吉の側近の施薬院全宗《せやくいんぜんそう》の屋敷を訪ねると、こう言いました。

「この隆景が養子に秀秋様を内々望み申す由、物語のついでに殿下にお伝えくだされ」

毛利の本家ではなく、隆景が当主の分家、小早川家に養子に貰おうと決断したのでした。当時の隆景の所領は筑前国《ちくぜんのくに》（福岡県の一部）が中心で、毛利家の所領と比べれば格段に小さいものです。隆景は秀秋という毒を自らの小早川家に取り込むことで、本家への被害を回避しようと試みたのでした。

隆景は、毛利家との養子縁組の案が秀吉の耳に入る前に先手を打ったというわけです。

果たして、秀吉は大喜びしました。

隆景の苦渋の決断をよそに、

「さても秀秋は、隆景というこの上もない親を持つわけじゃ」

と、無邪気に放言する始末でした。

秀吉のことです。もしかしたら、毛利家に秀秋を養子に入れる案を知っていたのかもしれません。そもそもこの案自体が秀吉から発せられたとも考えられます。

とすれば、他人の向背《こうはい》を丸呑みにするいかにも秀吉らしい大度《たいど》を示したと言えるかもしれません。もっとも、秀吉にすれば阿呆を小早川家に入れられるだけでも御の字だったでしょう。

ご存じの方も多いとは思いますが、この時、隆景の養子になったのが、小早川秀秋です。

後に関ヶ原合戦で、石田三成の西軍に属していながら徳川家康の東軍に内通し、そのくせ戦場では、もたもたして西軍をなかなか裏切らず、家康を激怒させた人物です。

こんな男なので、他の武将たちからもひんしゅくを買い、家臣にも随分と見限られました。子がなくして死んでしまい、取り持とうという人もなく、ほどなく小早川家は断絶してしまいます。隆景がいなければ、毛利家がそうなっていたことでしょう。

頭の回転が鈍いと自らを規定

これほど先々を見通す頭を持っていながら、隆景自身は自らを、

「頭の回転の鈍《にぶ》い男」

と規定していたようです。

先に養子縁組の話を持ち込んできた黒田如水《くろだじょすい》は、秀吉が織田信長の部将だった時代から参謀として活躍してきた頭脳の男でした。瞬時にして最適の案を提示する様は、秀吉でさえも舌を巻いたという人物です。

隆景も頭脳の男だったわけですが、

「わしは如水の才智にははるかに劣る」

と言っています。

「如水が思慮せずして即時に決断することに、わしは返す返す思案してようやくおよぶ」

と、潔《いさぎよ》いほどに自らの才覚が劣るのを認めていました。

しかし、これが隆景の強さでした。

自らの劣弱を正面から見据えて努力する人が、驚くべき強靭《きょうじん》さを発揮することを読

者の皆さんもよく知っていると思います。

隆景とはそういう男でした。

瞬時に結論に達する「才覚」に劣ると自らを規定した隆景が、常に心掛けていたのが、「思案《しあん》」でした。

「自分は熟慮に熟慮を重ねなければならない人間なのだ」

隆景はそう決めて掛かっていました。そして、このことが当時の人をして、

「隆景。分別《ふんべつ》ある男」

と言わしめた要因となったのです。

この隆景の思案の確かさを見込んで、様々な武将が助言を求めてきたといいます。

黒田如水の息子、長政までが指南を仰ぎました。

「事におよんでの決断はいかようにして至るが良いのでしょうか」

長政《ながまさ》はそう訊きました。

「特段の秘訣はないさ」

隆景は軽く言うと、

「ただ久しく思案して遅く決断するがよく候《そうろう》」

隆景自身にとっては、思案こそが正しい結論に達する唯一の方法でした。

「思案」の結果、隆景は、秀吉ほどの男が大いに認める男になっていました。

隆景が死んだ際、秀吉は、

「頭のできの優劣によって人の寿命が延び縮みするものならば、隆景は百歳までも命を保つべきものを」

と、その死を惜しみました。

この際、秀吉の茶坊主が、

「仰せのごとく惜しき人を亡くしました。よき中国（地方）の蓋にてござりましたものを」

と調子を合わせたといいます。中国地方を押さえる良き武将がいなくなったと言いたかったのでしょう。

すると秀吉は茶坊主に、

「さてもお前の眼は小さいものよ」

と、嘆息してこう言いました。

「隆景を中国の蓋《ふた》と見るは暗き眼なり。日本の蓋にしても余りつる隆景なり」

隆景とは、天下人の秀吉にここまで買われていたのでした。

黒田如水

秀吉を心底警戒させた頭脳の持ち主

秀吉も舌を巻く男、如水

前回、小早川隆景《こばやかわたかかげ》の咄《はなし》の際に、「おせっかい男」、黒田如水《くろだじょすい》が出てきましたので、この男の咄。

秀吉が、織田信長の部将だった時代から、その参謀《さんぼう》のごとき役割を果たした男です。年齢は、秀吉より九つ下でした。信長の武将時代の秀吉には、もう一人、竹中半兵衛《たけなかはんべえ》という参謀格がいて、両者ともに智謀《ちぼう》湧《わ》くがごとき男たちだったので、

「秀吉の良平」

と、人々から称されました。

「良平」というのは、紀元前に前漢《ぜんかん》を興した高祖・劉邦《りゅうほう》の幕下《ばっか》にいた、張良《ちょうりょう》と陳平《ちんぺい》という名軍師のことです。如水と半兵衛は、この二人になぞらえ、そう呼ばれたのでした。

小早川隆景のときにも書きましたが、如水とは、秀吉までが舌を巻くほどの知恵者

でした。

あるとき秀吉は、こう言いました。

「わしが切所《せっしょ》に臨んでさんざん頭を悩ませ、それでも結論が出ぬゆえ如水に問えば、如水めはたちどころに裁断しおったものだ。その案はことごとくわしが長考したものと符合していて、時には遥かに上を行く良策もあったわ」

如水の触れれば切れるような頭の良さが、分かるというものです。

ですが、如水のこの恐るべき頭脳は、秀吉を警戒させるきっかけにもなりました。

何度かこのエッセイに登場しましたが、拙作『のぼうの城』の冒頭に登場する、備《びっ》中国《ちゅうのこく》（現在の岡山県西部）高松城の水攻めの時のことです。すでに秀吉の参謀格だった如水も、この水攻めの現場にいました。

備中高松での舌禍事件

この戦いが、天正10（1582）年に行われ、その最中に信長がいわゆる「本能寺の変」で自刃してしまったのは、覚えている読者の方も多いかと思います。

『名将言行録』には、信長の死を知った直後、秀吉は、

「未だ何《な》にとも詞《ことば》を出さざれし」

とありますから、文字通り絶句したのでしょう。

しかし、如水は違いました。秀吉が舌を巻くほどの頭の持ち主です。即座に秀吉の前途について語りました。

同書は、如水が絶句する秀吉に「するすると進み寄り」、秀吉の膝を「ほたほたと打って」と、何だか相当陰謀《いんぼう》めいた調子でこの時の様子を描いています。

その通りで、如水の口から吐き出されたのは、ほとんど陰謀でした。

「君の御運開かせ給ふべき始めぞ。能《よ》くせさせ給《たま》へ」

――主君信長の死は、あなたが運を開くきっかけになる。しっかりやれ。

と、主を失って動転する秀吉に助言したわけです。

果たして秀吉は、高松城を救援に来た小早川隆景ら毛利家の本隊と和睦し、史上「中国大返し」と呼ばれる急行軍で岡山県から京都府に入り、信長を殺した明智光秀《あけちみつひで》の軍を打ち破りました。

秀吉が、天下人《てんかびと》への階段を一歩上った瞬間です。如水の言う通り、しっかりやったわけですが、秀吉は高松城で言われた助言を忘れませんでした。

「是より秀吉、孝高《よしたか》（如水のこと）に心を許さざりしとなり」

如水ほどの男が、何でこんな不用意なことを言っちゃったんだろうと、僕は不思議でなりません。なにしろ主君を失った秀吉に、

「チャンスですぜ」

と、その場で言っちゃうわけですから。ちょっと古い言い回しですが、空気を読まないにもほどがあります。いくらチャンスに気付いたとて、ここは秀吉に合わせて少しは悲しんで見せて、「ところで相談ですが」とおずおず進言するか、秀吉の出方を待つのが利口者のすることではないでしょうか。この点、前回の小早川隆景などは、黙々と考えて助言するのも遅いはずですから、秀吉の意には叶ったかもしれません。

この時、如水、36歳。まだ若かったということでしょうか。己の知恵を披露したいという欲求に勝てなかったのかもしれません。

こんなふうに書いていると、如水が何だかとても奸悪《かんあく》な男に見えてくるのですが、名将といわれるほどの男は、そう単純ではありません。ときには悪謀《あくぼう》を巡《めぐ》らし、時には正道を踏み、家臣たちには情け深く、その心を掴んで離さない、という複雑怪奇《ふくざつかいき》な心根《しんこん》が名将たる所以《ゆえん》でした。

そんな如水の「いいところ」が発揮されたのが、先ほども登場した『のぼうの城』の舞台となる、秀吉の小田原北条家攻めでの1コマです。舌禍事件から8年後の天正

18（1590）年のことでした。

石田三成らは、北条家の支城の忍城《おしじょう》を攻めに出掛けていったわけですが、如水は小田原の本城を秀吉とともに包囲していました。

小田原城内では、秀吉の大軍に恐れをなし、主の北条家を裏切ろうという者が何人か出てきます（忍城の城主、成田氏長《なりたうじなが》もその一人。詳しくは小説でどうぞ）。その中に松田憲秀《まつだのりひで》という北条家の重臣がいました。

その取次を担うことになったのが、如水でした。

憲秀は小田原城内にいます。如水は、憲秀が北条家を裏切る段取りを、小田原城の内と外で密使をやり取りしながら進めていました。憲秀の長男で新六郎《しんろくろう》という者もこれに加わっていました。

ところが、ここで憲秀の次男、左馬介《さまのすけ》という男が登場します。左馬介は北条家への想いが強く、父親と兄が画策する裏切りに納得できません。とうとう北条家の当主、北条氏直《うじなお》にこれを明かしてしまいました。

氏直は当然、激怒します。しかし家臣を殺すのに忍びなかったのか、憲秀と新六郎を監禁しました。結果、如水の進めてきた憲秀の裏切りは頓挫《とんざ》してしまいます。

話はここからです。

この後、北条家は開城に決し、秀吉に小田原城を開け渡してしまいます。憲秀、長男の新六郎、次男の左馬介も生きて城から出てきました。

秀吉は、憲秀と新六郎が自分に寝返ろうとしていたのに、次男の左馬介がそれを邪魔したことを知っています。

「左馬介を斬れ」

と、如水に命じました。

読者の皆さんが如水なら、どう考えるでしょう。秀吉に寝返ろうとした憲秀と新六郎は、無論、如水にとっては「味方」です。一方で、寝返りを邪魔した次男の左馬介は、如水にとっては「敵」ですが、北条家にしてみれば忠義の臣そのものです。その性根《しょうね》を覗《のぞ》けば、どこか左馬介の方が潔いような感じもします。

ところが如水は、

「承知致し申した」

と秀吉の前から退出し、左馬介の斬首《ざんしゅ》へと向かいました。

女子供に愛された、ドラマのような晩年

如水、すっとぼける

黒田如水の咄の続き。

前回、豊臣秀吉の小田原北条家攻めの最中、小田原城内にいた北条家の重臣、松田憲秀とその長男の新六郎という者が、主家を裏切って秀吉に寝返ろうとした辺りまでお話しました。

この裏切りの段取りを進めていたのが如水その人だったのですが、憲秀の次男、左馬介は北条家への想《おも》いが強く、北条家の当主、北条氏直にこれを明かしてしまいます。

この結果、如水の進めてきた憲秀の裏切りは頓挫《とんざ》してしまいました。

この後、小田原城は開城し、憲秀、長男の新六郎、次男の左馬介も生きて城から出てきましたが、秀吉は、寝返りを邪魔した次男の左馬介を許せません。

「斬れ」

と、如水に命じました。

「承知致し申した」

如水は、秀吉の前から退出し、左馬介の斬首へと向かいます。

ところが、如水が家臣に命じて首を切ったのは、長男の新六郎の方でした。

「何やってんだ、お前」

如水からの復命《ふくめい》を聞いた秀吉は大いに怒りました。

「何で新六郎を殺したのだ。左馬介は松田親子の寝返りを北条氏直に訴えた憎い奴ゆえ殺せと命じたのではないか」

ちょっと敵味方がややこしいかもしれませんが、こういうことです。松田憲秀と新六郎は、北条家を裏切ろうとしたので、秀吉の味方。一方の左馬介はその裏切りを北条氏直に訴えて未然に防いだので、秀吉の敵というわけです。

如水は、この「味方」であるはずの新六郎を殺し、左馬介の命は助けたのでした。

烈火のごとく怒る秀吉に放った如水の言い訳は、何の芸もありません。

『名将言行録』には、

「某《それがし》が承《うけたまわ》り違いしは無念なり」

と如水は言ったとあります。

聞き間違いしたのは、残念。ぬけぬけとそう言いました。人の生き死にのことで聞き間違いなどあるはずがありません。如水は、すっとぼけたわけです。

「ですが」

と如水は続けます。

「新六郎は、昔からの主人である北条家を裏切ろうとした者ゆえ、武者のあるべき道にも背《そむ》き、その先祖までも穢《けが》した者であります。一方の左馬介は、自らの父を訴えたものゆえ、親不孝者ではありますが、主人には忠義の心厚いと言えましょう。取り違えたとて、損はござりますまい」

秀吉の家臣とする場合、簡単に主人を裏切る新六郎よりも、親に反抗してまで主人に忠誠を誓う左馬介が良いだろう。如水は、利をもって秀吉を暗に諫《いさ》めたわけですが、僕は単に如水が裏切りという薄汚さを嫌ったため、こんなことをしでかしたように思えてなりません。

それにしても、如水が「左馬介を斬れ」と命じられた時点で、「いや、助けた方がいいのでは」などと、あれこれ秀吉を諫めず、独断で新六郎をバッサリやってしまうところは、いかにもこの男らしい機略だったと思わざるを得ません。

秀吉にすれば斬ってしまった以上、後の祭りで、さらに考えてみれば、如水の言い分が一理も二理もあると思い直しました。思い直すと、如水がわざと新六郎を斬ったのだとも分かりました。

「あいつ、空とぼけしおって」

秀吉は、そう苦笑して、重ねて左馬介を斬れとは言わなかったということです。

晩年は、まさにドラマ

さて、小田原北条家を潰して天下を治めた秀吉でしたが、これが死ぬと再び世は乱れはじめます。

秀吉の死から2年後の1600年、いわゆる次の天下人を決める関ヶ原合戦が、徳川家康と石田三成の間で勃発《ぼっぱつ》するのですが、如水はこの際、当時の本拠であった豊前《ぶぜんの》国《くに》（現在の大分県北部と福岡県西部にわたる一帯）中津城《なかつじょう》にいました。

このとき如水は天下を狙っていたといいます。

如水は関ヶ原の大合戦が行われると見るや兵を募り、九州を席巻《せっけん》して、残るは鹿児島に本拠を置く島津《しまづ》家だけを残すばかりとなりました。この九州兵を引っ提げて、如水は中国地方を経て近畿地方に攻め上がろうとしたのですが、あろうことか関ヶ原合戦はわずか一日で徳川方の圧勝をもって終わってしまいます。

実は如水の息子、長政《ながまさ》はこのとき家康とともに関ヶ原で戦っていました。如水は後に、この長政に対して当時の戦略を語っています。

「関ヶ原の合戦の際、家康が三成に手間取って百日ばかり掛かったならば、わしは九州から攻め上がっていくつもりだったのだ。この時、関ヶ原の家康方にいるお前は捨て殺しにするつもりであったよ」

恐るべき男でした。

天下人は、戦国の男ならば誰もが一度は夢見る憧れです。如水もまたそんな男の一人でした。僕は、こんな如水を冷酷な男だとは思いません。憧れを現実のものとするべく人生を賭けた男の心意気だったと解釈します。

しかし如水は夢に破れます。

如水の機略と戦略の確かさは、家康を遥かにしのぐものだったでしょう。ですが、余りに突出した頭の良さは秀吉を警戒させ、九州の豊前国の中津という小領へと押し込められるようにして遠ざけられていました。

信長が死んだ際、秀吉に放った舌禍《ぜっか》が尾を引いていたと言っていいでしょう。

これさえなければ、関ヶ原合戦のときに九州にもおらず、所領も大きく、あるいは

家康と天下を争っていたかもしれません。如水の余りの頭脳が、自らの首を絞めていたのでした。

　こんな如水でしたが、関ヶ原合戦が終われば、憑《つ》き物が落ちたように晩年を楽しみました。

　息子、長政がもらった福岡（文字通り福岡県です）の城の三の丸に簡素な隠居所《いんきょじょ》を構えて暮らしました。城下にたびたび散歩に出ましたが、その姿は甚《はなは》だ質素で、刀を持たせた若党《わかとう》に小《こ》者《もの》一人という合計３人での散歩でした。

　子供が好きで、百姓の子らに出会うと、小者に持たせた菓子を与えました。このためか如水が散歩に出ると、子供らが囲んで同道したそうです。散歩に出ない日が続くと子供らは三の丸の隠居所に出向き、

「殿、早く出てきて遊ぼうよ。御供するから」

と騒ぎ立てる始末でした。如水が出てこないと、子供たちは隠居所に入り込み、座敷では襖《ふすま》を破り、庭では土を掘り返し、終日遊んで帰りました。如水が全然叱らないので、子供は連日やって来ては大暴れして帰ったと、『名将言行録』には記されています。

城下では、家臣の貴賤《きせん》を選ばず、疲れれば近くの家に立ち寄り、茶をもらいました。初めは畏《おそ》れていたその家々の妻女たちも次第に慣れ、如水が通れば、

「殿様、お立ち寄りを」

と気楽に声を掛けたといいます。何も知らぬ者が見れば、到底この老人が、秀吉に舌を巻かせ、天下をうかがった男とは思えなかったことでしょう。

――斯《か》く名利《みょうり》を離れて世を過ごしけり。

同書には如水の晩年をこう称しています。何やらドラマのような晩年ですが、ドラマはこうした現実の美しさをエキスにして構成されますから当然のことでしょう。

如水、慶長９（１６０４）年没。享年《きょうねん》57歳。

黒田長政

謀略の才で徳川圧勝の立役者

関ヶ原合戦を勝ちに導く

2回にわたって黒田如水《くろだじょすい》のことをお話してきましたが、今回はその息子、黒田長政《ながまさ》の咄《はなし》。

永禄11（1568）年の生まれですので、信長が死んだときには、まだ14歳の元服《げんぷく》したてでした。

如水のときにお話しましたが、慶長5（1600）年に、徳川家康と石田三成が関ヶ原（現在の岐阜県）で天下を争った際、長政の父、如水も天下を狙っています。漁夫《ぎょふ》の利《り》を得ようと兵を募って、九州を席巻《せっけん》していた如水ですが、あろうことか関ヶ原合戦はわずか一日で、徳川方の圧勝で終わってしまったことも前回、お話しました。

この如水の野望を事実上、打ち砕いたのが子の長政でした。

長政は、父に似て調略《ちょうりゃく》に長《た》けた男でした。この父譲りの才覚をもって、長政は家康のために働きます。味方を勝ちに導くいくつかの決定的な働きをしたのでした。

その一つ。

関ヶ原で徳川方として働いた猛将、福島正則《ふくしままさのり》を口説き落としたのが、この男でした。その前に、ご存じの読者の方も多いとは思いますが、ざっと関ヶ原合戦のことを少し。

この合戦は豊臣秀吉の死後、その政権を引き継ぐ者を決める一戦でした。家康は徳川家の天下を築くため、三成は豊臣政権を秀吉の息子、秀頼《ひでより》（当時7歳）に無事引き継がせるために戦いました。

ところで長政が口説いた福島正則は、秀吉が正則の少年のころから撫育《ぶいく》した男でした。豊臣家には大恩《だいおん》のある身です。普通に考えれば、豊臣政権を継続しようとする三成に付くのが当然ですが、この正則は三成が大嫌いでした。

長政はそこを突きます。

『名将言行録《めいしょうげんこうろく》』には、

「秀頼公未《いま》だ幼く、御座《ござ》し、如何《いか》で内府《ないふ》（家康のこと）を失うべしと宣《のたま》うべき、是《こ》れ石田が計《はか》らひたること明かなり」

と、長政は告げたとあります。

秀吉の子、秀頼が幼いのに、家康を討てと命じるなどあるはずがない。石田三成が天下を奪おうと計っているのだ、と長政は言ったわけですが、少々説明が要《い》りそうです。

関ヶ原合戦が起こった時点では、豊臣政権は厳然として存続しています。その主人が幼い豊臣秀頼でした。また家康も豊臣政権の重臣の筆頭として、秀頼に服していました。

しかし、秀吉の死後、家康はにわかに秀吉の遺言を破るような行動を取り始めます。

1600年のこの時には、家康は戦国武将の最古参《さいこさん》と言っていいほどの年齢(58歳)に達していました。随分前に家康のことを書いた際にもお話ししましたが、この30年ほど前には、いまや伝説的武将と言っていい武田信玄とも対決しています。

これに比べて、秀頼は7歳。賢愚《けんぐ》も知れません。自然、武将たちの信望《しんぼう》は豊臣政権の重臣筆頭で、実力も備えた家康に集まります。秀吉の遺言を破ろうとも、文句を言うものなどありません。あっても家康の威に打たれて、すごすごと引っ込む体たらくです。豊臣政権は家康によって徐々に浸食《しんしょく》されていきました。

そこに立ち上がったのが、石田三成でした。

「家康は豊臣家の天下を覆《くつがえ》そうとする者である」

として、秀頼から家康追討《ついとう》の命を取り付け、天下の兵を集めました。

もちろん長政が福島正則に言った通り、幼い秀頼には三成の言うことなど理解できなかったでしょう。むりやり追討《ついとう》の命《めい》をもらったものと思います。

一方の家康も黙ってはいません。

「石田三成は豊臣家の天下を奪おうとしている」

と言い立てて、合戦に臨みました。

従って、家康も三成も、名目上は豊臣政権のために戦うのだ、と互いに言い合って合戦におよぶという事態になりました。

長くなりましたが、長政が正則を口説く際に、

「是《こ》れ石田が計らひたること明かなり」

と言ったのは、家康側の言い分でした。

秀吉に大恩のある正則にとっては、どちらに付いても言い訳は立ちます。となれば、あとは好き嫌いの問題しか残っていませんでした。三成は嫌い。従って家康に付きました。

秀吉に大恩のある正則が家康に従うのです。家康の豊臣政権簒奪《さんだつ》の意図をうすう

感じ取っていた他の武将たちも、争って家康の味方に参じました。この後、福島正則は関ヶ原合戦で先鋒《せんぽう》を務め、三成率いる西軍の先鋒を突き崩し、味方の勝利に貢献しもします。正則という人物は、家康にとって政略上も戦略上も重要人物だったわけです。

こういった人物の三成嫌いを刺激して味方に引き入れた長政は、関ヶ原を勝利に導いた男と言っても過言ではありません。

家康の使番を怒鳴り付ける

その二。

これは、毛利元就《もうりもとなり》の三男、小早川隆景《こばやかわたかかげ》の咄《はなし》の際にお話ししたことですが、隆景の養子に豊臣秀吉の甥で、馬鹿の小早川秀秋《ひであき》という男がいます。この馬鹿が、関ヶ原合戦で三成方に付きながら家康方への寝返りを約束したものの、なかなか裏切りを実行せず、ひんしゅくを買ったこともお話ししました。

秀秋は、最終的に寝返りを実行しますが、これが家康方が勝利する決定打となりました。

この秀秋から寝返りの承諾を取り付けたのも長政です。言わば長政とは、関ヶ原合戦の勝利をお膳立てした男でもありました。

ところで、小早川秀秋の寝返りの遅さでは、こんな話があります。

関ヶ原の合戦中、なかなか寝返りを実行しない秀秋に業《ごう》を煮《に》やした家康は、本陣から使番《つかいばん》を発します。この時点では三成方が優勢で、ともすれば家康方を押し返しもしていたからです。

家康はうろたえていました。長政に「本当に秀秋はこちらに寝返ってくるのだろうな」と問《と》い質《ただ》しに行かせました。

黒田家の陣に着いた使番は、長政にこのことを問い掛けます。ですが、何しろ合戦の最中です。長政も采《さい》を振って兵《つわもの》どもを指揮していました。

「知るか！」

長政は家康の使番をそう怒鳴り付けたといいます。

長政にしてみれば、秀秋への調略は合戦前の準備段階のことで、合戦におよんでしまえばどうなるかは分かりません。ぎりぎりの段階で、秀秋の馬鹿が意を翻《ひるがえ》したとしても、長政には今となってはどうすることもできないのは分かり切ったことです。

「今に至りて我等が分別は鎗先《やりさき》に在り」

長政はこう言い放ちました。

今は戦うのみだろうが、と言ったわけです。

この怒声に使番はむっとしました。家康の本陣に戻り、腹立ちまぎれに長政の不遜《ふそん》な言葉を告げ口します。

しかし家康はさすがに歴戦の巧者《こうしゃ》でした。

「思《おも》いの外《ほか》に悦喜《えつき》あり」

家康は意外にも喜びました。長政の発した言葉に「腹を括《くく》れ」という言外《げんがい》の意味をくみ取ったのでした。たちまち狼狽《ろうばい》から立ち直りました。

「甲斐守《かいのかみ》（長政のこと）は常に其《その》気分あるなり」

長政は、いつもそういう心持ちでいる奴だ、という意味でしょうか。家康はそんな意味不明瞭《ふめいりょう》なことを言って使番をなだめたということです。

こんなふうに、長政は、戦の前の調略《ちょうりゃく》においても有能であれば、戦時においては大胆な判断と物言いのできる男でした。

ですが、繰り返しになりますが、長政のこの功績が九州で天下を狙う父、如水には仇《あだ》となりました。如水は気に入りません。

猛将・島左近も一目置いたほど

バクチ下手と父になじられる

引き続いて黒田長政の咄《はなし》。

前回まで、関ヶ原合戦の際、九州で天下を狙っていた父の如水の目論見《もくろみ》も知らず、長政が家康のために働いたことをお話しました。

結果、関ヶ原合戦は、わずか一日で家康方の勝利で終わってしまいます。父、如水は面白いはずがありません。関ヶ原合戦が終わったずっと後年、この父は長政に対して、こんなことをぼやきました。

「わしはバクチが得意だが、お前は下手だな」

バクチといえば、関ヶ原合戦は如水にとって一世一代の大バクチでした。その父の心も知らず、長政は家康のために大真面目に働き、合戦を一日で終わらせるきっかけをつくるという無用な成果まで上げました。

家康の風下に立つのを良しとした長政と、家康と天下を争おうとした父の如水。如水は、息子のためにバクチには破れましたが、大バクチを打つという気概そのものは、到底息子が敵うものではありませんでした。

如水が続けて語った戦略は、これまで何度かお話ししてきた通りです。

「関ヶ原の時、家康公と三成との合戦が百日もかかっていたならば、わしは九州より打ち上がり、相模（現在の神奈川県の大部分）の辺りにて天下を争っていたものを。その時は長政、お前は捨て殺しにしていたのだ」

長政に向かって、ずばりそう言ったといいます。最後に、こう締めくくりました。

「此博奕《このばくち》は其方《そのほう》中々我におよぶまじ」

余程、如水は、息子が関ヶ原合戦の際に見せた、家康に対する余計な忠義立てを苦々しく思っていたのでしょう。

こういうふうに書いていると、長政が父に遥かにおよばないかのように思えるかもしれませんが、そうとも言い切れないだろうと思います。

前回お話しましたが、関ヶ原合戦の前に小早川秀秋《ひであき》や福島正則《ふくしままさのり》を口説き落としたことを見ても、謀略の才は父に匹敵《ひってき》するとも思えますし、黒田家当主として家臣をあしらう様を見ても、良き主人であったことがうかがえます。

何より、この男が父に勝っていたのが、個人としての武勇でした。

父の如水は、軍勢を指揮する軍略には長けていましたが、非力なため、ろくに槍《やり》も扱えません。

話はまた如水へと逸れますが、豊臣秀吉治世の頃、この長政の父は個人技に劣るのを、同僚に小馬鹿にされたことがあります。

「如水殿の御直《おじき》の功名《こうみょう》をいまだ聞いたことがありませぬな」

「御直の功名」とは、如水自身が刀を取って、敵の首級《しゅきゅう》を挙げることです。

この時代、大将は大抵の場合、最前列からはるか離れた本陣で作戦を指揮するので、直接、敵と斬り合うのはまれです。それでも、一度や二度はあるのが常識だったのでしょう。同僚は、そう尋ねました。

しかし、如水は平然としていました。

「総じて、人には得手不得手のあるものでしてな。わしは若年より刀槍《かたなやり》を取っての働きは不得手であった」

しかしながら、と如水は同僚に向かって言いました。

「采配《さいはい》を振って、一度に敵の千も二千も討ち取ることは得手にござるよ。このことはいちいち申さずとも、ご存じのことでござろう」

同僚は、この一言で黙ったといいます。

戦国時代の男が、どこに価値を置いていたのか分かる挿話です。

直接、敵と槍を交えるのは、侍を指揮する侍大将や歩兵を指揮する足軽大将たちであればよく、こうした人材は乱世ゆえにそれなりの数はいたのでした。ですが、彼らをまとめ上げて作戦を遂行する才は稀有《けう》なものでした。如水にはそれがあったわけです。秀吉も非力でしたが、如水と同様の才で数ある荒くれ者どもに頭を下げさせました。

御直の功名八度

ところが長政には、この個人としての武勇が備わっていました。

如水の為《な》し得なかった「御直の功名」を八度までも成し遂げ、敵陣には真っ先に突き進んでいくという勇猛ぶりです。我々が戦国武者に持つイメージに最も近い者の一人が長政だと言っていいでしょう。

『名将言行録』には、石田三成の重臣で、当時天下一の猛将といわれた島左近《しまさこん》が、こんなことを言ったとあります。ちなみに左近は関ヶ原の合戦で討死《うちじに》してしまいます。

この左近が自邸で甲冑《かっちゅう》を着込んで床几《しょうぎ》に座っていた際、その妻を呼んだところ、妻はその姿を恐れて次の間から入って来ようとはしませんでした。すると、左近は打ち笑ってこう言いました。

「さても臆病なことよ。そんなことでは黒田長政が甲冑を着込んでいる姿を見れば、魂も消え失せるぞ」

長政とは、天下一の猛将にここまで言わせる男でした。

こういう男でしたので、家臣たちは長政が当主になったばかりのころでしょうか、これを恐れること甚だしく、ろくに物も言えない有様だったとのことです。如水のころからの老臣たちはそうではなかったでしょうが、若い家臣は長政の顔色をうかがうふうでした。

そこは長政も、父、如水の聡明さを受け継いだ男でした。家臣たちには決して言葉を荒らげることなく柔和に接します。ところが若い近習《きんじゅう》たちはこれを良いことにどんどん増長しました。普段は、長政のいる隣の部屋で待機しているのですが、主人そっちのけで大騒ぎする始末です。

それでも長政は怒りません。時折、長政が役目の者を呼んで報告を聞くことがありましたが、近習たちは笑ったり遊んだりと結構な騒ぎを続けます。時には報告の声さえ聞こえない有様でした。これには、長政も次の間に向かって、

「話を聞いているのだから、今少し静かにせよ」

と言いましたが、『名将言行録《めいしょうげんこうろく》』によると、

「さらに叱ることなし」

という調子でした。怒らないのです。

この様子からうかがい知るに、我々が時代劇のドラマなどで見る江戸時代の格式ばった武家社会とは、随分異なっていることが分かります。戦国時代は死と隣り合った厳しい時代ですが、案外風通しの良かった社会だったのかもしれません。

家臣の諫言を生涯大事にし続けた

おそるべし、「異見会」

さらに引き続いて黒田長政の咄。

前回、自らの猛勇さのために家臣が恐れをなしているのを見越した長政は、決して声を荒らげることなく、なるべく柔和に接するよう心がけていたところまでお話しました。

主人が懐の深さを見せて家臣をなつかせるというのは、戦国武将がたびたび取った人心掌握法《じんしんしょうあくほう》です。こうしないと、自らを諫める家臣がいなくなり、軍団が硬直化して、回りまわって自分自身が損をするからです。従って、当時の心得ある武将は、家臣を柔らかく扱い、その諫《いさ》めもよく聞きました。だいぶ前にお話した徳川家康もそうだったことは、いくつかのエピソードをもって紹介したのでご承知の方もいるかと思います。

さて、長政。

諫言《かんげん》を聞くということでは、この長政は徹底しています。

『名将言行録』によると、毎月1回、夜に、「異見会《いけんかい》」なるものを催していました。

この異見会というのは、家老のほかに、長政がこれはと思う家臣5~7人ほどを集めて行う意見交換会です。

ところがこの意見交換会、現代の我々に置き直すとなかなか寒気のするような会合でありました。というのも、長政自身の悪いところから、領国内の政治の悪いところ、その他、様々な問題を言い合うというものだったのです。

冒頭、長政は必ずこう宣言してから毎月の会を始めました。

「今夜は何を言われたとしても、絶対に根に持ってはならない。もちろんその場で腹を立てても駄目だ。また発言者は思ったことは必ず口に出すのだ」

一座の者どもは、この言い付けを守ると誓いを立てさせられた後、異見会はスタートしたといいます。

サラリーマンの経験がある方なら、その存在をご存じでしょうが、恐怖の「無礼《ぶれい》講《こう》」というべきものが、「異見会」でした。

現代の我々からすると、

「いやあ、今日は何でも言っちゃって。俺全然怒んないからさあ」

と上司（長政の場合、社長ということになりましょうか）に言われて真《ま》に受ける会社員がいたとすれば、「阿呆」と言っていいでしょう。

無礼講ではむしろ、上司の欠点を指摘しつつも怒らせないという、巧みな話術と絶妙の態度が求められます。普通の会合のほうがはるかにマシというものです。

ところが、そこは戦国時代の単純な男たちでした。長政の言葉を大いに真に受けます。

発言内容は記録されてはいませんが、

「心に思うことを残らず言い合って、互いに心底に滞るもののないようにした」

とありますから、洗いざらい思っていることをぶちまけました。

ぶちまけただけではありません。長政が自分に対する余りの批判に、ちょっとでも怒ったような顔をすると、

「あっ殿、これはいかなることにてござろうか。怒ったように見えますぞ」

と、文句を付けたといいます。

すると長政は、

「いやいや顔はそうかも知れんが、心中は全然怒ってない」

とよく分からない言い訳をして、顔を和らげたということです。いかにこの無礼講が徹底していたかが分かろうというものでしょう。

この「異見会」は、長政にとっては不快な目を見るひと時でもあったでしょうが、黒田家には大いに役立ったようです。長政が死ぬ際、跡継ぎの忠之《ただゆき》に、

「わしがやったように異見会の儀、毎月一度行うように」

と遺言しました。

長政、無茶苦茶言われる

さて、長政がこんなふうに家臣に物の言いやすい空気を出すよう心掛けていたため、家臣たちの中からは諫言する者が続出しました。

その中でも最たる者が、母里太兵衛《もりたへえ》という男で、もう滅茶苦茶言います。長政の父、如水のころからの重臣でした。オーナー企業に置き直すと、長政にとっては先代のころからの番頭さんといった感じだったでしょう。

この太兵衛、黒田家を代表する剛勇の士です。豊臣秀吉の子飼いの重臣で大酒呑みの福島正則から、名鎗《めいそう》「日本号」を呑み取ったことでも有名な名物男でした。

「酒は呑め呑め飲むならば――」

と、どこかのお爺《じい》さんが唸《うな》っているのを聞いたことがある読者の方はご存じかと思いますが、これが「黒田節」という民謡で、太兵衛はそのモデルになった男です。

ちなみに僕はこの母里《もり》太兵衛《たへえ》という男が大好きです。

太兵衛はもともとの性格が剛直一途《ごうちょくいちず》だったことと、長政を幼いころから見ているという気安さもあったのでしょう、とにかく長政に対して言いたい放題だったことが、いくつかの史料に記されています。太兵衛の言い方があまりにひどかったためでしょうか、さすがの長政もどこか尋常な気分でこの家臣に臨めない様子が、史料の行間から何となくうかがえるほどです。

そのうち一つだけを紹介します。

長政が江戸から帰国して、太兵衛ら家老たちと酒宴を催したときのこと。長政は、

「わしは江戸で観世宗雪《かんぜそうせつ》に謡《うたい》を習っているのだが、宗雪もわしの謡を上手いと褒めるゆえ、この場で聞かせてやろう」

と言って謡い出します。

謡い終わると、列席した家臣たちは大いにこれを褒めそやしました。

しかし、その中で一人むっつりと黙りこくっている男がいます。

太兵衛でした。

そのときには長政も、太兵衛に何度も諫言《かんげん》されていたのでしょう。この太兵衛の態度だけで分かりました。

「太兵衛よ、何ゆえそんな様子でいるのだ」

と訊くと、太兵衛は、

「我らも袖乞《そでご》い鉢叩《はちたた》きの類《たぐい》になると決まったようなものじゃな」

と吐き捨てます。「袖乞い」は乞食、「鉢叩き」は鉦《かね》を叩いて家々を回る念仏僧《ねんぶつそう》のこと。太兵衛はどちらも似たように思っていたのでしょう。つまりは、黒田家もこれで終わったも同然だと言い放ったというわけです。

「なぜじゃ」

と、長政は気色《けしき》ばみます。すると太兵衛はその理由を喚《わめ》き立てました。

「殿が謡《うたい》を習う宗雪が、殿の謡を褒めるのを真実だと思うなど阿呆も甚だしい。殿が大名だから褒めているに決まっているだろうが。その程度のこと、この座の者どもも分かっているはずじゃ。殿の阿呆を苦々しく思ってもいいはずじゃのに却《かえ》って追従を申し、持ち上げる始末。それに他愛もなく喜ぶ殿はさらに暗愚《あんぐ》じゃ」

主人が暗愚で、家臣もお世辞を言うばかりでは家も滅んでしまう、と太兵衛は言いたかったのでしょうが、物にも言い方があります。こうまで言われては、長政も心中穏やかではなかったでしょう。しかし、この主人はぐっと堪《た》えました。

「そのほうの異見もっともじゃ」

と、長政は涙まで流して太兵衛の諫言《かんげん》に感謝したということでした。

「他人の意見を容《い》れる」と一口に言っても、それを実現するにはよほどの忍耐が必要です。とくにこの時代は遠慮というものがなく、ズバズバ言ってくる者が多かった。長政の苦労は並大抵のものではなかったでしょう。

石田三成

部下にしたい家臣ナンバーワン

秀吉のため全財産を投げ打つ

そういえば、拙作《せっさく》『のぼうの城』で、石田三成《いしだみつなり》を「のぼう様」こと、成田長親《なりたながちか》の好敵手と書いておきながら、全然この男について触れていませんでした。なので、今回は石田三成についての咄《はなし》。

三成の逸話を読んでまず思うのは、この男が自らの才覚をもって豊臣秀吉のために身を粉にして働こうとしていたということです。

三成は、普段からこんなことを言っていました。

「奉公人は主人からもらった物を遣《つか》い切り、残してはならない。残すのであればそれは盗人《ぬすっと》というものだ」

現代の我々から見ると、会社からもらった給料を会社のためにつかうということになりましょうか。少し奇異な感じがしますが、こういう考え方は当時としてはありふれたものでした。もっとも、じゃんじゃんつかえばいいとも言ってはいません。

「つかいすぎて借金するような者は馬鹿だ」

と斬って捨てるように言っています。

読者の皆さんもご承知のように、戦国時代の大名は家臣に対して領地や蔵米《くらまい》といわれる米そのものを与えて、彼らを養っています。

しかし、主人が家臣に対して領地を新たに与えて収入を増やしてやった場合、その心は、

「贅沢《ぜいたく》をしろ」

ということではありませんでした。

「兵を増やしてさらに強力になって主人の役に立て」

ということでした。

従って、収入が増えても自分のためにつかえることはほとんどありません。

もっとも、家は大きくなります。足軽の住む長屋から、秀吉のように一国一城の主になれば、おうちも「城」ということにはなります。しかしながら、それも、

「防衛拠点の城をしっかり守れ」

ということでしかなく、富豪が豪邸を構えるのとはまるで意味合いが異なりました。

ちなみに織田信長には、秀吉と並ぶ佐久間信盛《さくまのぶもり》という老臣がいましたが、「加増してやったのに、兵も新たに雇わず、自分のためにつかっている」ということを罪科の一つとして、身ぐるみはがされるような勢いで息子と二人、放り出されたほどでした。

戦国の人にとって、収入が増えるということはこうした意味があったのです。

精勤と才覚の三成

三成は、秀吉の小姓《こしょう》の身から、佐和山城《さわやまじょう》（現在の滋賀県彦根《ひこね》市）を本拠とする、19万石余の主にまで出世します。

三成は加増の意味をくみ取るという意味では、徹底しています。

そのことは、三成が関ヶ原合戦で敗北した際、この三成の居城《きょじょう》が攻め落とされたときに、明らかになりました。

城を落とした徳川方の諸将は、喜び勇んで佐和山城に飛びこみます。

何しろ、莫大な富を誇る豊臣家の五奉行の一人にまでなった男の城です。相当な財貨がそこにはあるだろうと期待しました。

ところが佐和山城に入ってみると、あまりのことに諸将は拍子抜けしてしまいました。

城は質素そのものでした。

三成が普段暮らす屋敷は、土壁《つちかべ》が剥《む》き出しで上塗りがなく、城内の多くの建物が板張りで、障子《しょうじ》や襖《ふすま》はいらなくなった紙を使い、庭にも目を楽しませるべき樹木が一つもないという有様だったということです。

「皆々案外にてありしなり」

『名将言行録』にはそうあります。

また、城内をくまなく捜しても、金銀のたぐいは全然ありませんでした。

関ヶ原合戦は、豊臣家が徳川家康によって政権を奪われるのに抗《あらが》った戦いです。三成はその抵抗の首謀者となり、持てるだけの金銀を戦に投じたのでしょう。

三成が普段から豪語していた、

「奉公人は主人からもらった物をつかい切り残してはならない」

という信条はここでも実践されていたわけです。三成は秀吉からもらった給料を、豊臣家のためにすべて吐き出して死んでいきました。

以上は、三成が死に至った際に判明したことですが、普段の精勤《せいきん》ぶりは目を見張るものがあります。それを示す逸話は枚挙にいとまがありません。

その一つ。

おそらく大坂城でのことでしょう。大雨が降った夜などは、城周りが破損でもしていれば、三成は真っ先にこれを見付けます。

担当の普請《ふしん》奉行が午前10時ごろに秀吉に報告にいくと、秀吉はすでに知っています。三成がその4時間前の午前6時には報告を済ませていました。夜明けとともに城を飛び出して、城周りを点検して歩いた三成が目に見えるようです。

勤務については、その才覚を存分に活用しました。

大坂城の付近の堤防が決壊した際のことです。秀吉自身も視察に行きましたので、大名級の家臣たちも現場に赴きましたが、解決策が見つからず、堤防の切り口を前に手をこまねいているばかりでした。

そこで三成の登場です。大胆な男でした。城の米蔵を開かせ、米俵数千俵を切り口に投げ込ませました。たちまち洪水は収まったので、秀吉もその家臣どももその才覚には舌を巻いたということでした。

それだけではなく、今度は付近の住人たちに土俵を用意させ、米俵と順次取り換えさせました。泥水に浸った米が食べられるのかどうか知りませんが、三成としては米をみすみす無駄にはしたくなかったのでしょう。こういうところ、何だか秀吉のやり方を彷彿《ほうふつ》させます。

まあ何というか、こうまでして自分のために働いてくれる部下を持ちたいものです。秀吉もこういう三成を頼もしくも、いじらしくも思っていたことでしょう。

そんな秀吉の気分が、

「俺がもし死んだら、次の天下人は三成がふさわしい」

と言わしめました。

剛腹な三成を理解した唯一の男とは

三成の剛腹、最期に現れる

引き続き石田三成の咄。

三成といえば、秀吉の側近中の側近で、現在でいえば秀才官僚のような観がありま す。頭でっかちでひ弱な印象ですが、実は内面はいかにも戦国武士らしく剛腹《ごうふく》で、最も向こう気の強い男でした。

前にも触れた黒田如水《くろだじょすい》もそうですし、秀吉もそうでしたが、戦国期には小兵《こひょう》でか細い男が実は最も大胆という事例が頻出《ひんしゅつ》します。三成もまたその類《たぐい》の男でした。

三成の剛腹さは、その最期に鮮やかに現れます。

関ヶ原合戦で負けた後、三成は、近江（現在の滋賀県）に逃走しましたが、田中吉政《たなかよしまさ》という徳川方の武将につかまってしまいます。

吉政はできた男でした。三成を丁重に迎え、

「貴殿が上方の諸将を味方に付け、徳川殿と勝負を争われたこと、末代までの語り草となりましょう。勝負は時の運、御志《おこころざし》が空しくなるとも後悔はないのでしょうな」

と言葉をかけます。

そこは三成は正直な男でした。

「一戦して負け、敵に頭《こうべ》を授けるのは言語に絶して無念じゃわ」

と答えて、

「しかしな」

と、続けました。

「こう成り果てたのも、太閤殿下《たいこうでんか》（秀吉）への報恩のためと思えば、今はさほど後悔はしておらん」

と率直に心情を述べています。

強がりもしなければ、萎《しお》れもしません。平素と変わらぬ様子で、吉政に接したということでした。

変わらないのは、それだけではありませんでした。三成と吉政とは顔見知りで、吉政が「兵部《ひょうぶ》」を称していたため、

「田兵《たひょう》」

と、以前から呼んでいました。

こういう呼び方は目上の者にはしません。

僕が現在書いている『村上海賊の娘』にも、乃美宗勝《のみむねかつ》という武将がいて、これも兵部を称していたため、つづめて「乃兵《のひょう》」と呼ばれましたが、これは主人かそれに準ずる者が呼ぶ際のやり方でした。

『名将言行録』にも、

「如何にもおとしめたる会釈《えしゃく》なりしが、この時縄に掛かりながら、あいさつは日頃に

変わらざりしとぞ」

と三成の態度を記しています。捕縛《ほばく》されてもなお、普段の吉政に対する呼び方と態度を崩そうとはしなかったのです。

なんだか、破れかぶれの態度のような気もしますが、やはり強がりというものでしょうか。しかし、戦国の男の心意気は、こういう子供じみた強がりから発する場合が多い気がします。そしてそのことが、はっと目のさめるような態度を取らせました。

こうした態度は、捕縛された際にも取っています。

三成を直接捕えたのは、田中吉政の家臣で、田中伝右衛門《でんえもん》という男でした。この時、三成は、

「石田木工《もく》はどうなった」

と尋ねます。三成の兄の石田正澄《まさずみ》のことです。三成が関ヶ原に出陣したあと、居城の佐和山城を守っていました。

しかし、このときには、すでに佐和山城は徳川方の手に落ちています。伝右衛門は事実を伝えます。

「木工殿は妻子を刺し殺し、その身も自害致されてござる」

これに対する三成の反応はいかにも軽々としたものでした。

「これでざっと済んだ」

三成は平然とそう言ってのけたといいます。さらには、こうも言いました。

「大坂の城へ何とか逃げ込めば、今一度、こんな戦を催してやったものを」

これには伝右衛門も開いた口がふさがりませんでした。

こんな三成の態度を強がりかもと書きましたが、一方であながちそうとも言えないという話もあります。これも田中吉政に捕えられている際のことです。

三成は関ヶ原からの逃亡中に腹をこわしていて、この衰弱のために逃走もままならず捕まってしまいました。

そんな三成を気の毒に思った吉政は家臣に「よく労《いた》わって馳走してやれ」と命じます。家臣が三成にそれを伝えたところ、この男はそっけなく答えました。

「腹をこわしておる。にら雑炊《ぞうすい》で充分だ」

さっさと食い終わると、高いびきをかいて寝てしまいました。

こういうところ、三成の強がりは骨髄《こつずい》に徹しており、心底剛腹《ごうふく》な男になり切っていたと思っていいでしょう。

水戸黄門、三成に理解

さて、三成はそんな態度を取り続け、捕えられた近江から京都へと護送されました。その途中、家康にも対面しています。

家康は、

「いかなる武将にも敗北はあるものだ。恥ではない」

と声を掛けました。

「運がなかったのだ。さっさと首を刎《は》ねられよ」

と応じる三成は、

「臆《おく》したる体《てい》もなく」

と、同じ『名将言行録』にもありますから相変わらずの態度でした。

「三成はさすがに大将の器量にありけるよ」

しかし家康はそう感嘆したといいます。

家康のことですから、様々思いは巡らしてはいたでしょうが、三成の不遜《ふそん》な態度に感心する戦国の気分も大いに持っていた男です。その言葉は、まるっきりの嘘ではないと僕は思います。

三成は江戸期を通じて徳川家に敵対した者として、それ以降できた書物で散々な書かれ様でした。奸悪《かんあく》で、秀吉に何かといえば悪謀《あくぼう》を吹き込む佞臣《ねいしん》としての像がそれによって出来上がりました。

江戸期に、三成を擁護したのはただ一人。徳川光圀《みつくに》、水戸黄門でした。

「三成は悪くない。他人がその主人のために行うことを、敵だからといって憎んではならない。君臣ともによく心得よ」

と、そんな風潮に一石を投じました。

光圀だけは、秀吉の恩に全身で応えようとする三成の姿を快く思っていたのでしょう。

大谷吉継

茶席の友情エピソードは真実か

吉継の勇

前回まで石田三成についてお話してきましたので、今回はその盟友、大谷吉継《おおたによしつぐ》の咄《はなし》。

拙作《せっさく》『のぼうの城』にも登場するこの男は、その晩年、現在でいうハンセン病を発病して、皮膚は崩れ視力も失ってしまいます。それでも三成の長年の友誼《ゆうぎ》に殉じ、病を圧して関ヶ原の大戦に参加しました。顔を包み、輿《こし》に乗ってという悲壮な姿での参戦でした。

吉継は、関ヶ原で自刃して最期を遂げますが、そんな姿は後の世の人に感銘を与えます。江戸時代になっても三成と違って好意的に記録されているのは、この男のいかにも潔い振る舞いを否定しようがなかったからでしょう。

「衆を愛し、智勇を兼ね、能《よ》く正邪を弁《べん》ず、世人称して賢人と言いしとぞ」

と『名将言行録《めいしょうげんこうろく》』にはあります。

家臣を慈《いつく》しみ、知恵もあれば勇敢でもある、「できた男」でした。

その勇の面ではこんな話があります。

秀吉が起こした朝鮮出兵の際、城攻めをしたときのこと、仕寄《しよ》り（弾よけ）をかざして軍を寄せていると吉継がふらりと姿を現します。

「ここは矢玉の多く降り注ぐ所なれば、退かれよ」

と、この場を担当していた武将の一人でしょうか、そう言うと、吉継は聞く耳を持たず、すくと立ち上がり仕寄りから半身をさらしました。

戦国時代の男は、どうしてこうなのでしょう。危ないと言われれば、むきになって危地《きち》に我が身を置きたがります。上杉謙信もそうでしたが、不思議と鉄砲玉を怖がりません。吉継もこの種の癖《くせ》を持っていたようです。

「運の矢は一本のものよと言ひしとぞ」

と、うそぶいたと同書にはあります。

「何発、何本の矢玉が来ようとも、命を奪うのは一つだけだ。その一つに当たらねばいいのさ」

その通り、と膝を打つには無茶苦茶な論理ですが、兵を鼓舞《こぶ》するには充分でした。

将自らが矢玉に身をさらし勇気を示してこそ、兵どもも動くと知っていたのでしょう。

そんな吉継でしたが、一方では知恵者でもありました。知恵者というよりも、物事を判断するのに私心が入ることがなかったのでしょう。その言葉は生半可な才覚の持ち主よりも、よほど耳を傾けるに足るものだったはずです。

それゆえ、三成も吉継にだけは意見を求めました。

「三成は常に己が才智を誇りて、人を見下しけれども、吉隆《よしたか》（吉継の晩年の名）には深く交わり、間々《まま》異見を問いしことありとぞ」（『名将言行録』）

ということでした。

このため、吉継は度々、三成に対して異見します。再三にわたって言ったのはこんなことでした。

「お前は常々金銀を貴く思い、他人にも金銀をさえ与えれば何ごとも成るように思っているだろう。家臣に対してもそうだ。だがそれは大いに心得違いだ」

今の我々には別段、変わった助言ではありませんが、当時としては特殊なものでした。武士が金銀を卑しむようになるのは、江戸時代になって武士が貧乏し、商人たちの栄華が始まったころからです。それでも武士は身分だけは高いため、

「武士は食わねど高楊枝《たかようじ》」

と、やけくそのように金銀を卑しみました。

この点、戦国時代の武士は現実的です。銭がなければ兵は雇えず、戦にも負けてしまいます。まさに「実弾」と心得ていました。

信長も金儲けは得意でした。ましてその最たる秀吉の弟子のような三成です。金銀をもって人を釣ることを、札束で人の頬《ほお》を引っ叩くというふうには思っていなかったでしょう。

ですが三成も敏《さと》い男です。この言葉には感ずるところがありました。しかし、それよりも心打たれたのは、正面から自分を諫《いさ》めてくれる吉継の誠実さでした。

「三成はその誠実に帰服して、異見してくれたことに感謝した」

同じ『名将言行録』には、こうあります。

そういう吉継でしたので、三成が関ヶ原の合戦を画策した際にも相談を受けます。

軍略を聞いた吉継は、

「将棋のようだ」

と、切って捨てるように言いました。

その軍略の中には、駒である武将たちの機能があるだけで、敵の徳川家康の威厳や、その家臣の忠誠心といった目に見えぬ要素が欠け落ちていたのでした。

こういうところが三成の面白いところで、いかにも頭が良すぎて他人が馬鹿にしか見えない、ある種純粋な男の魅力でもあるのですが、この場合は吉継の言う通りでした。

吉継は関ヶ原で三成が敗けることを、ありありと見通していました。

しかし、

「あとはお前と死を同じくするのみよ」

同書によれば、吉継はそう言ったということです。三成に味方して関ヶ原に参陣すると意を決しました。そして、この鮮やかな振る舞いが後世の人の語り草になったのでした。

吉継と三成の茶席の話

話は変わって、この吉継と三成の友情を象徴する有名なエピソードがあります。歴史が好きな人は一度は聞いたことがあると思いますが、茶席での回し飲み事件のことです。

秀吉治世のころ、三成と吉継のほか、数人の武将が茶席に赴《おもむ》いた際、一つの茶碗《ちゃわん》を回し飲みしたことがありました。

実際、茶道にあることで、普通、喫茶店などで出される「抹茶」すなわち、茶道でいうところの「お薄《うす》」と違い、「濃茶《こいちゃ》」といわれる、どろどろの茶で行うものです。

この座の武将たちも、濃茶をちびちびとすすっては隣の客に渡していきました。やがて順番は吉継に回ってきます。ところが、濃茶をすすった時、肌から滴《したた》った膿汁《うみじる》が茶碗に落ちてしまいました。前述した病は、この時すでに吉継を冒していたのでした。吉継は次の武将に茶碗を渡しましたが、その武将は飲むのをためらいます。茶碗に口を付けようともしません。その様子に、吉継はいたたまれない気分になるほかありませんでした。

そこで猛然《もうぜん》と怒りを放ったのが三成です。順番でもないのに武将から茶碗をひったくると、喉を鳴らしてすべての濃茶を飲み干します。

この三成の行為に、吉継は心打たれました。後に敗戦を予測しながらも、関ヶ原の大戦に臨んだのは、この三成の行動があったからだという話です。

僕はこの話を学生のころに読んだ司馬遼太郎《しばりょうたろう》の『関ヶ原』で知りました。後に、歴史の雑誌やムック本で、吉継と三成が語られるたび、この話は必ずといっていいほど登場しました。

吉継と三成の友情を語るのに、これほど感動的な挿話はありません。僕は『のぼうの城』の元ネタ脚本（前にも何度か書きましたが、小説『のぼうの城』は、もともとは脚本です）を書く際に、この挿話のネタ元を探しました。

ところが、吉継や三成について書かれた史料をいくら読んでも、この挿話に突き当たることはありませんでした。結果、僕はこの挿話を脚本の中に盛り込むことはせず、従って小説でも書きませんでした。

今では僕は、このエピソードは恐らく司馬遼太郎の創作だったのだろうと思っています。優れた創作は歴史になって、こうして引用され続けていくのです。

僕は創作には結構な責任がともなうのだと思い、一方では原典に当たらねば絶対に文字にしてはならないとも痛感しました。僕がいちいち引用先を書くのもこの経験があるからです。

長束正家

算術の達人が犯した最期の失態

意外になかなかの男、正家

石田三成《いしだみつなり》、大谷吉継《おおたによしつぐ》と書いてきましたので、『のぼうの城』で忍城《おしじょう》を攻める三人の武将のうちの最後の一人、長束正家《なつかまさいえ》の咄《はなし》。

この男は、『のぼうの城』の中では、悪役の要素を一手に引き受け、モノの見えない男として描いています（事実そんなところもあって、それは晩年に分かります）。ですが実際の正家は、なかなかの男でした。そんなこともあって、僕は長束正家という男には、少々気の毒したなあ、と特に反省もなく思っております。

正家はもともと、信長配下の武将のうち秀吉と並ぶ実力者だった丹羽長秀《にわながひで》の家臣でした。『名将言行録《めいしょうげんこうろく》』によると、「算勘《さんかん》に達し、其外《そのほか》、兵術《へいじゅつ》を得たること、世に隠れなし」とあります。

算術ができて、戦にも長《た》けていたというのですが、算術はともかく兵術の点では怪しいものです。そのことは後で述べます。

荒くれ者の跋扈《ばっこ》する戦国の世で、算術の技能は得難いものでした。このため、秀吉は丹羽長秀を説いて正家を貰い受けます。長秀は天正13（1585）年には死んでしまいますので、これ以前ということになります。ちなみに信長が本能寺の変で自刃したのが天正10（1582）年。秀吉が天下取りを行っている最中に、正家はその家臣となったのでしょう。

そんな正家の算術の凄《すご》みには、徳川家康も舌を巻きました。『名将言行録』や『常山紀談《じょうざんきだん》』には、秀吉の小田原城攻めの時のこととして、こんな話が掲載されています。京を出発した秀吉は、東に軍を進めて小田原城に迫り、箱根の山中に一時、陣を敷きました（後に、石垣山《いしがきやま》一夜城に本陣を移しますが）。その箱根山中での出来事です。

このとき家康も秀吉に付き従っていましたが、その家康のもとに、伊奈忠政《いなただまさ》という徳川家の兵糧《ひょうろう》をつかさどる家臣が飛び込んできます。

実は忠政は、開戦前から当時家康の所領であった沼津の湊《みなと》（静岡県沼津市）に兵糧を集め、そこから箱根に輸送するという手筈《てはず》を取っていました。

何しろ何十万という秀吉配下の軍勢が箱根に集結するのです。人口は爆発的に拡大し、箱根の米価は跳《は》ね上がるに違いありません。

その点、沼津と箱根は目と鼻の先です。忠政は、箱根の米を買うことなく、沼津から補給しようと考えたのでした。意地悪く見れば、遠方から来る味方の諸将に高く売り付けようとしていたのかもしれません。

ところがです。忠政は家康にこう訴えました。「この箱根の山中の米価は、江尻《えじり》（静岡県静岡市）や沼津と同じにござる。これでは、諸将は遠方から米を運ぶより、箱根で買い求めるに違いありません。こんな事態になるとは心得がたきことにござる」

予想と異なり、箱根の米価は騰《あ》がってはおらず、沼津と同じだったのです。忠政が、こう家康に言ったところをみると、やはり味方の諸将に米を高く売るつもりだったのでしょう。すると家康は、箱根の米価を安定させた実務者を即座に見抜きました。

「それは長束正家の謀《はかりごと》よ」

まさしくその通りでした。

正家もまた、忠政の言った江尻、沼津の湊に兵糧を集積していたのでした。記録にはありませんが、徳川家の用意した米を遥かに超す量で、箱根に運び込むか、湊で対価に応じて配布していたのでしょう。これでは箱根の米価が騰《あ》がるはずがありません。「長束は武功すぐれた者ではないが、こういう謀には長じておるゆえ、秀吉も城主として家臣に迎えておるのだ」

僕が正家は兵術の点で怪しいと言うのは、この家康の言葉によってです。実際、正家という人物は、こと実戦に関しては目立つ働きをしてはいません。家康は、家臣の不甲斐なさをよほど腹立たしく思ったのでしょうか、不機嫌にこう続けます。

「忠政、お前の仕事は兵糧を運ぶことゆえすぐにでも分かろうものを、心得がたしと言うのは、わしの方こそ心得がたし」

〝心得がたし返し〟とでも言うのでしょうか、まことに嫌味な言い方で家臣を叱り付けました。

「忠政、汗を流して退出しけり」

と、両書にはあります。

正家は、家康が認めるほどの算勘《さんかん》の達者ではあったのです。

しかし、その最期にはこの男の評価を決定づける失態を犯してしまいます。

関ヶ原で評価が定まる

関ヶ原の大戦では、石田三成に味方しましたが、関ヶ原の東の端っこ、栗原山《くりはらやま》の東側に陣を敷きます。

敵である家康の本陣は、正家の陣の西方の関ヶ原中央、そのさらに西に三成の本陣という位置関係です。正家は、家康の背後を突く布陣をしていたわけです。

しかし、正家の陣のすぐ西の南宮山《なんぐうさん》には同じく三成方の毛利秀元《もうりひでもと》が陣を敷いていました。毛利家も家康の背後を突ける位置にいましたが、これは三成を裏切って動きません。結果、正家もこれにけん制されて、動くことができませんでした。

関ヶ原の大戦は一日で終わり、正家は居城の近江国《おうみのくに》（滋賀県）水口城《みなくちじょう》に戻ります。

ところが、徳川方の将に城を囲まれ、「降参するならば、士卒ともに命を助ける」と言われると、まんまとこの口上を信じて城を出てしまいます。たちまち捕えられ、むりやり腹を切らされてしまいました。

『常山紀談』によると、少々趣きが異なります。正家を降伏に誘うため、水口城に使者として来たのは徳川方の船戸《ふなと》帯刀《たてわき》という男でした。この男は、正家に「降参するならば、士卒ともに命を助ける」との口上を述べた後、何のつもりか懐から用意した鉄片《てっぺん》を取り出します。正家の家臣に願い出て、

「これを熱してくだされ。鉄火を取ってお見せする」

と言いました。「鉄火を取る」とは、自分が真実を述べている証とするため、文字通り赤々と熱した鉄片を握ることです。『信長公記《しんちょうこうき》』にもこの記述があって、当時は

こんな乱暴なやり方で自らの潔白《けっぱく》を示しました。先にも述べた通り、帯刀《たてわき》の口上は嘘で、正家の腹を切らせるつもりでしたが、鉄火を取ることで正家を信用させようとしたのでした。

家臣が鉄片を受けとり、熱しに行こうとすると、正家は止めます。

「騙されて、どうなろうともいまは抵抗する力もない。それゆえ降参する」

と帯刀に伝えます。正家は騙されるのを承知で城を出たことになります。

しかし結果は同じで、腹を切らされます。当時の武将ならば徹底的に抗《あらが》って闘死するところです。それをみすみす降参して、腹まで切らされてしまったところは、当時の人から見れば、惰弱《だじゃく》でした。

書いていて気付きましたが、正家の人物が分かりにくかろうと思います。この男の記録には、人物の風韻《ふういん》を感じさせる箇所がまったくと言っていいほどありません。ただ履歴があるだけです。『のぼうの城』を書く際も、そこからこの男の性格を探るしかありませんでした。思えば正家という男は、三成ほど熱くはない、ただの実務家だったように思えます。そんな普通な男が秀吉に仕え、天下人の直臣《じきしん》となり、関ヶ原で三成軍の一翼を担ったことこそ不幸でした。

真田幸村

苦境から大逆転した男の意外な「顔」

冗談好きの男

僕がまだシナリオの応募を続けていた時のこと、全然通らず30歳もすっかり過ぎてしまいました。度々、憔悴《しょうすい》しそうになりましたが、この男のことを思うと奮い立ち、再び誰に読まれるとも知れないシナリオを書いたものです。

その人が真田幸村《さなだゆきむら》でした。

奮い立ったのは、この男が１６１４年から翌年にかけて行われた大坂の陣のわずか８カ月間で歴史に名を刻んだという事実です。８カ月が過ぎたときには討《う》ち死にしてしまいますが、その時、49歳でした。

一応、大坂の陣について話しておきます。

１６００年に起こった関ヶ原の合戦で徳川家康は石田三成に勝利して、豊臣秀吉がその遺児、秀頼に譲った政権を奪い去ってしまいます。

ですが、秀頼は大坂城でその後も生き続け、依然、秀吉に目を掛けられた武将たちからは一応の尊崇《そんすう》を集めていました。この秀頼を殺し、徳川政権を盤石《ばんじゃく》にする駄目押しの戦が大坂の陣です。この戦は10月に始まり、翌年の5月に終わりますが、途中で徳川方と豊臣方が和睦《わぼく》するので、前半を冬の陣、後半を夏の陣と呼ぶようになりました。この合戦に幸村も参戦し、現在でも我々がその名を記憶するほどの働きを見せたのでした。

僕が苦境のとき幸村を思ったのは、その8カ月間の働きだけではありません。ご存じの方も多いとは思いますが、幸村は大坂の陣に参戦する直前まで、現在の和歌山県に位置する九度山《くどやま》に家康によって幽閉《ゆうへい》されていました。

詳細は省きますが、関ヶ原の合戦の際、石田三成に味方して父、昌幸《まさゆき》とともに戦ったからです。家康は幸村を殺しはしませんでしたが、父親とともに九度山に幽閉して、その自由を奪ったのでした。

幸村が九度山に入ったのが、1600年の34歳のとき。その後、大坂の陣の起こる1614年までの実に14年間、幸村は九度山で不遇をかこっていたのです。

34歳という働き盛りに道を閉ざされ、何事も為《な》せずに徐々に老けていく14年間は、どういうものだったでしょう。しかも幸村は、大坂の陣で戦うまで世に知られるほどの名はありません。そういう中での14年間は、さぞかし苦痛だったでしょう。ですが、大坂の陣の8カ月で得た歴史上の名は、14年間の苦悶《くもん》を差し引いてもお釣りがくるほどのものでした。

僕が奮い立つのは、こういう幸村の数奇な運命によってです。どんなに苦境が長くても、わずかの間に人は逆転が可能だという事実です。

大坂の陣が始まるや、幸村が瞬く間に名将の名をほしいままにしたところ、幽閉《ゆうへい》されていたときも腐ることなく、何事かやり続けていたのでしょう。時には腐ることもあったでしょうが、性根《しょうね》まで腐ることはなかったのだと思います。絵空事でないそういう史実が、僕を勇気付けてくれました。

さて、そんな幸村ですが、どうも洒落《しゃれ》の分かる人物だったように思われます。『名将言行録』には、こんな話が記されています。

天正13（1585）年ですから幸村19歳の時のこと、徳川家が真田家の居城、信州（現在の長野県）上田城《うえだじょう》を攻めたことがありました。家康の家臣、鳥井元忠《とりいもとただ》らの軍勢《ぐんぜい》でしたが、幸村は付近の林に兵を埋伏《まいふく》させ、頃合いを見計らって敵を横合いから突きました。これに鳥井の軍勢はおどろき慌て、たちまち崩れ立ちます。幸村は追撃を命じ、程よきところで兵を返すと、自らも城に向かいましたが、その引き返し方がふるっています。

「戯《たわむ》れに小鼓《こつづみ》を打ち、高砂《たかさご》の謡曲を謡《うたい》て城中に入る」

と同書にはありますから、あらかじめ小鼓を用意していたのでしょう。謡いながらゆうゆうと城へと入るところなど、この男の冗談好きが目に見えるようです。

大坂の陣の時、幽閉されていた九度山から脱出して、大坂城に入った際もそんな茶目っ気を発揮します。

「伝心月叟《でんしんげっそう》」

という山伏《やまぶし》だと称して、豊臣家の重臣、大野治長《おおのはるなが》の屋敷に出向きます。ちょうど治長が不在だったので、幸村は待つことにしました。

すると、大野家の若侍《わかざむらい》たちが幸村のいる傍《かたわら》で、各々の差す刀の目利《めき》きを始めました。それが尽きると、若侍たちは、

「おい、お前の刀を見せろ」

と、月叟こと幸村に声を掛けます。山伏など侍から見れば目下もいいところでした。

「はいはい」

幸村は、恐縮して見せました。

「某《それがし》の刀脇差《かたなわきざし》など犬脅《いぬおど》しに使う程度のものにござりますれば、お目汚しと存じまする

が御所望とあればお目に掛けまする」

と言って抜いた刀が、名刀「正宗《まさむね》」でした。

「げっ」

驚嘆《きょうたん》した若侍が脇差も見せろと命じ、見ると今度は正宗の息子、貞宗《さだむね》の作の名刀でした。

そんなところに大野治長が帰宅します。伝心月叟《でんしんげっそう》を目にするや、両手を付いて畏《かしこ》まります。

「ようお越し下さりました」

治長は幸村の顔を知っていたのでした。今度は、山伏の真の名を知った若侍が恐縮する番でした。

後日、幸村は若侍に出会うと、必ずこう言ったそうです。

「刀の目利きは上達しましたか」

何だか、すかした話ですが、若侍ごときに目下扱いされるなど、当時の武将には冗談でもできぬことです。幸村はすらりとこんな小芝居をやってのけるような、冗談好きの男でした。

幸村の首のこと

そうかと思えば、最も戦国の男らしい心意気を秘蔵していた男でもありました。

大坂冬の陣の時のこと、幸村はいわゆる真田丸《さなだまる》を築き、これに拠《よ》って徳川方の前田《まえだ》利常《としつね》勢に痛打を与えたりしました。これに驚いた家康は、幸村を利で釣ろうとします。

当時、家康に仕えていた真田信尹《のぶただ》（幸村の叔父）を使いとして、

「信濃国《しなののくに》（現在の長野県）に3万石を与えるゆえ寝返らないか」

と伝えさせます。幸村は一議《いちぎ》もなくこれを峻拒《しゅんきょ》します。信尹が家康に復命すると、今度はさらに買収額を釣り上げました。

「信濃一国ならばどうだ」

信濃といえば、真田家の本領のある国です。その国の主にするというのだから夢のような話でした。しかし、幸村は再び使いにやってきた信尹に対し、またも「否《いな》」との旨、伝えます。そしてこのとき言い放った言葉は、この男の性根《しょうね》を示す、最も有名な台詞《せりふ》となりました。

「信濃一国は申すにおよばず、日本国を半分賜《たま》はるとも飄《ひるがえ》し難し」

日本を半分もらっても断る、と言い切りました。

さて、和睦を挟んで大坂夏の陣の際、幸村は一時、家康の本陣を脅《おびや》かし、家康自身に自刃《じじん》を決意させたほどでしたが、結局、松平忠直《まつだいらただなお》（家康の孫）の手の者に首を授けてしまいます。

直接、討ち取ったのは忠直の家臣で西尾仁左衛門《にしおじんざえもん》という男でしたが、幸村の顔を知りません。鼻を削《そ》ぎ取って運ぼうとしたところ、通り掛かったのが先の真田信尹でした。

信尹は言います。

「その首、見覚えがある。その男の兜《かぶと》はないか」

仁左衛門は兜を傍らから取り上げました。

信尹はその兜を知っています。真田家重代の「抱鹿角の兜」がそれでした。

「その首は我が甥《おい》のものだ」

これで仁左衛門の取った首が真田幸村のものであることが判明しました。

『武辺咄聞書《ぶへんばなしききがき》』には、この際、信尹は妙なことを言ったとあります。

「甥の首ならば、前歯が二本抜けているはずだ」

仁左衛門が首の口を開けてみると、果たしてそうだったということです。

思わずきょとんとしてしまう挿話ですが、考えてみると、いかにも冗談好きのこの男らしい顔だと、僕は大いに納得してしまいました。兵たちが、この男に懐《なつ》いたのも何だか分かる気がします。

著者紹介
和田竜《わだりょう》
一九六九年、大阪府出身。二〇〇三年に、映画脚本「忍ぶの城」で第二九回城戸賞を受賞。〇七年、その脚本を小説化した『のぼうの城』（小学館）で作家デビュー。累計一七五万部を超える大ベストセラーになり、第一三九回直木賞にノミネート、〇九年本屋大賞二位を受賞。第二作目『忍びの国』（新潮社）で第三〇回吉川英治文学新人賞候補、第三作目『小太郎の左腕』（小学館）で第二三回山本周五郎賞候補、現在は週刊新潮にて「村上海賊の娘」を連載中。

戦国時代の余談のよだん。

二〇一二年一一月五日　初版第一刷発行

著者　和田竜

発行者　菅原茂
発行所　KKベストセラーズ
〒一七〇-八四五七 東京都豊島区南大塚二丁目二九番七号
電話〇三-五九七六-九一二一（代）
振替〇〇一八〇-六-一〇三〇八三
http://www.kk-bestsellers.com/
印刷所　近代美術
製本所　ナショナル製本
DTP　三協美術
ISBN978-4-584-13456-6 C0095
定価はカバーに表示してあります。